白猫一闪

庞羽 著

山东文艺出版社

图书在版编目（CIP）数据

白猫一闪／庞羽著. — 济南：山东文艺出版社，2021.6
ISBN 978-7-5329-6341-6

Ⅰ.①白… Ⅱ.①庞… Ⅲ.①短篇小说—小说集—中国—当代 Ⅳ.①I247.7

中国版本图书馆CIP数据核字(2021)第043158号

白猫一闪

庞羽 著

主管单位	山东出版传媒股份有限公司
出版发行	山东文艺出版社
社　　址	山东省济南市英雄山路189号
邮　　编	250002
网　　址	www.sdwypress.com
读者服务	0531-82098776(总编室)
	0531-82098775(市场营销部)
电子邮箱	sdwy@sdpress.com.cn
印　　刷	山东新华印务有限公司
开　　本	787毫米×1092毫米　1/32
印　　张	7.75
字　　数	150千
版　　次	2021年6月第1版
印　　次	2021年6月第1次印刷
书　　号	ISBN 978-7-5329-6341-6
定　　价	42.00元

版权专有，侵权必究。如有图书质量问题，请与出版社联系调换。

序
庞羽值得期待

几年前,十九岁的庞羽考入了南京大学文学院,作为一个刚刚入校的新生,庞羽迸发出了写小说的热情。她连着向我的邮箱发送了多篇小说,每一篇小说我都认真地看了,她的小说才华让我欣喜。

但我是冷静的。我一直不鼓励年轻的中学生和大学生写小说,中国的中学生和大学生是何等辛苦,我想我知道。写作这条路并不好走,它的投入太大,它的收获太小,一个作家的成长是实打实的,靠"手段""能力"和"运作"无论如何也起不到真实的作用。时间已经在吴承恩那里证明了,它就是孙悟空手里的金箍棒,一棍子就可以让你"现原形"。等着吧。我想说,写作是亲切的,更是残酷的,任何人都改变不了这个被历史论证过的事实。若我不负责任的鼓励让一个孩子走了火、入了魔,那不是作恶又是什么?那时,我肯定过庞羽,与此同时,我做的最多的工作是泼冷水,好好地读书吧。我没有在欣喜之余给任何一家杂志社推荐庞羽的小说,一个字都没有。自私一点说,庞羽能不能做一个合格的南京大学的毕业生,和我一点关系都没有。

一眨眼四年就过去了,我的邮箱里又冒出庞羽的小说来。这一次我很难冷静。是的,一所好大学完全可以用四年的光阴让一个孩子脱胎换骨。庞羽脱胎换骨了。我几乎不认识这孩子的文字了。她的小说很有样子了。是的,我要祝贺庞羽,同时向庞羽的所有任课老师们致敬。

我首先读到的是《佛罗伦萨的狗》。从小说的范畴来说,《佛罗伦萨的狗》属于私小说,通常,这样的小说也属于第一人称小说,由"我"所倡导,被"我"所引领。在"我"的一开与一关之间,这样的小说忽明忽暗,明亮如秋水,幽暗似落霞。我想说的是,庞羽的明暗关系处理得棒极了,她让幽深的暗疾金光灿灿。正如一个出色的演员可以让我们爱上反派一样,庞羽出色的表现让我爱上了隐痛与顽疾,虽然它们都有些吓人。在"我"面前,哥哥、林老师、大叔、陆医生,这四个男人排成了一路纵队,在小说的内部,他们构成的透视关系形成了万劫不复的纵深。

可事实上，一个二十三岁的女大学生写出《佛罗伦萨的狗》并不会让我过于吃惊，"我"是她们最为擅长的角度，"我"也是她们最为擅长的腔调，一句话，"我"是容易让她们出彩的。虽然《佛罗伦萨的狗》要比她发我的另一篇叫《左脚应该先离开》的小说完美，但我依然要说，向我证明庞羽的不是《佛罗伦萨的狗》，相反，是《左脚应该先离开》。这个小说多少有些老派，无论是立意还是方式，意趣还是修辞，它都不讨巧，它有些硬碰硬的意味。简单地说，它需要力气和历练。它的脉络和线索都偏于复杂，要完成它，你的手上真的要有东西，不然怎么说没有金刚钻不要揽瓷器活呢。庞羽的作品透出一种积极而有力的心态，这孩子没打算讨巧，她的心里有未来，她知道文学有多宽。庞羽值得我期待。

目 录

走失鲸鱼 Alex /001

白猫一闪 /019

金鱼幽灵 /040

大象课程 /060

美国熊猫 /084

问询鲱鱼 /104

黑猫红中绿 /124

银面松鼠 /145

佛罗伦萨的狗 /158

青蛙公主 /182

蓝色水母田 /201

火烈鸟说 /218

走失鲸鱼 Alex

哥哥肯定是见过父亲的,我笃定地想。他比我早出生那么几分钟,父亲的模样,他总是见过的。后来那几年,我反复问他父亲长什么样子,哥哥鼓起腮帮,又瘪了下去。他说那天他游出来时,就是这样的,呼气,吸气,呼气,吸气……那时,他一直忙着做这件事,以至于忘了打量父亲的模样。

我很遗憾,在后来的二十七年中,我都没有得到答案。在这二十七年里,我长大、上学、早恋、分手、痛哭、高考落榜,最后变成了现在这副模样。我想父亲的人生经历是不是也是这样,在最不该拥有爱情的年纪,遇见了母亲,有了我们。但父亲是个有自己追求的人,他的理想肯定不是我们两个。父亲他是个好人,我一直都知道。

哥哥拿到肄业证明时，妈妈哭了一宿。妈妈不是个脆弱的人。几年前，我要去面试当模特，妈妈拿着剪刀将我的头发剪成了狗啃头。不过，和妈妈一样，我也不是个脆弱的人。那场面试我还是去了的。我戴着一顶浆果色的帽子，跳舞时，帽子掉落在地。面试官看着我。我将浆果色的帽子拍了拍，重新戴上了。离开考场后，我去吃了一碗小馄饨，小馄饨像一条条白鳍豚，在碗里游着。它们会游到我肚子里的。至今，我都很怀念那碗小馄饨。我感觉到，它已经构成了我身体里的一部分，或许是一片指甲，或许是一根头发。我喜欢把碗里的饭菜全都吃掉的人，我感觉他们完全接纳了自己，和即将成为他们自己的事物。

妈妈并没有责怪哥哥。我们三个人沉默地吃着饭。

"那个……勺子在哪里？"我感到非常不自然，发出了这样的疑问。

妈妈从筷子盒里抽出了勺子。

"你们要不要醋？"我又问。

妈妈拿起醋瓶，在蒸鱼块上面淋了一层。

我用筷子将蒸鱼块捣烂了。我以为妈妈会发火。要是以前，她早就嚷起来了。

妈妈将碎裂的鱼头夹给了我。她知道的，我一直爱吃鱼头。

我吃掉了鱼脑。鼻涕一样的。这个我最喜欢吃的东西让我感到恶心。

哥哥放下筷子,走入房间。我和妈妈在餐桌旁坐了很久。她吃了鱼尾巴,我吃了鱼肚子。

妈妈将鱼刺拢入碗中,我篦掉了鱼油汤。还剩些鱼肉,晚饭时加些葱末烹热,还能对付一餐。

妈妈抹桌子时,我走入房间。哥哥坐在床边缘,双臂呈金字塔形撑着额头。

"她不会怪你的……我知道你尽力了。"我试着靠近哥哥,但他紧皱的眉头像一尊法老像。

哥哥依旧沉默着。我张开怀抱,又缓缓地闭上了。也许现在陪哥哥坐一会,是最好的办法。我坐在了哥哥的床边。我不知道那个被哥哥打伤的男孩,现在躺在床上是什么感受。哥哥肯定很爱那个女孩。我心底滋生出一丝温柔,像水波一样。

哥哥松开了那尊法老。哥哥曾经告诉过我,狮身人面像鼻子处有一个机关,只要按下去,人类文明将毁于一旦。我问他:"如果你找到那个机关,你会按下去吗?"哥哥深吸了一口气,又吐出来。我认为这就是他的回答。真理从来不存在于繁多的答案中，而存在于较少的问题里。如果有一天，我放弃了问类似的这些问题，那就代表我告别了某段人生。我希望哥哥也有这样的想法。我也希望如果真有那个按钮的话，哥哥能够不在场。

"宇轩，"哥哥说话了，"宇轩你有没有想过，如果那条鱼没有被我们吃掉，它会游到哪里去呢？"

"它是鱼塘里的鱼，它哪里都不会去。"我说着这句话，声音越来越低。

"它会到大海里去的。"哥哥垂着头，"它会慢慢长大，变成一条鲸鱼。"

鲸鱼？我对这个名词感到震惊。这是我小学时学会的一个词语，长大后，就没人再提了。

"它变成鲸鱼之后呢？"

哥哥将头埋入了胳膊窝里。我以为他要哭，而他只是打了一会盹。他的胸膛均匀地上下起伏，我以为那里面会跑出一条鱼来。哥哥侧着头，一个激灵，抬头望着我。一瞬间我仿佛穿过了重重光年，来到了宇宙的静谧深处。我从来没有见过这样的哥哥——惊惧、纯真、脆弱。

"宇轩，你还在这里啊？"哥哥说。

"我又不会游泳。"我说。

哥哥起身，抚平床沿的褶皱，向阳台走去。阳光将他仔细地勾勒着，弯，斜，横折勾。我的食指翘了起来，想把那些线条延伸出来，汇聚成另一个人，另一个叫作田宇珩的男孩。窗帘被风吹得飞了起来。我看见了父亲飞扬的额发。

直到现在，我都记得那个场景——金色吞噬了哥哥，他的背影缓缓消失。我相信那是一个隐喻，一个不为人知的谶语。现在我在南京的各大商场穿梭，抱着顾客点名要的衣服鞋子。我时常很想调出商场的监控来看一看，在某个专柜的角落，一个抱着商品的女孩，是不是走着走着就消失了，消失在嘈杂的还价声中，消失在迷离的香水味中，消失在白色、黄色、淡蓝色的灯光中。这样我才能有所安慰。曾经的我已经消失了，她去了一个更好的地方。

这件八折，如果您要的话，我还可以帮您团个券……我每天重复着这么一句话。我不知道这句话有什么意义，需要我重复这么多次。我也不知道那张 88 元的券，对于一件 3000 多的衣服来说，又有多大的意义。不过还真有人买，她们试了一件又一件，最后把衣服挑走。5988 元打八折是……一件 2688，一件 3788，每一件折后减 88 元……我敲打着计算机。我不知道她们买这么贵的衣服要做什么，去晚宴上喝一杯？去小三家转一圈？我也无意揣度。无聊的时候，我将所有衣服排列好，站在店门口，想念我的第一个男朋友，还有说蒸鱼块会变成鲸鱼的哥哥。

哥哥的出走，巷子里的人议论颇多。有很大一部分人，认为他和男童溺死案有关。哥哥出走前半个月，一个男孩在码头淹死了。警方认定为他杀。哥哥因为打架被退学，又在这个节骨眼上消失，很难洗脱嫌疑。街坊邻居的谣言声四起。那时我很心疼妈妈，如果爸爸在就好了，但爸爸不在。妈妈早些年一直知道爸爸的去向。四岁的时候，她告诉我，爸爸是个海员，一个和大海搏击的男人；九岁的时候，她又说，爸爸在美国做生意，明年就回来看我；十六岁的时候，她说，爸爸现在在非洲执行科考任务，没有两三年回不来。我想，妈妈应该很了解爸爸。爸爸去了那么多地方，会想我们吗？

在我找到这份商场店员的工作前，我去看了大海。去三亚的机票太贵了，我去了普陀山。一来有黄海，二来，我想为我的哥哥、我的爸爸、我的妈妈祈福。哥哥走后，妈妈有了信仰。她说，别人都是自己的过客，朋友是，父母是，子女也是，他们只能陪伴自己走一段路而已。我想，哥哥是换了跑道，追逐他所喜爱的人生去了。我有一种覆盖着感伤的高兴。看起来,哥哥还是像爸爸多一些。我站在黄海边,大声呼喊着。我不知道我在喊谁,我只是单纯地发出一个个音节,这些音节宛如一条条从渔网中挣脱的鱼,哗啦啦掉进大海里,游远了。我知道它们向往自由,它们在我的身体里禁锢太久了。包括我的双手,它们想当一对蜡烛;我的双脚,它们想长成参天大树;还有我无数根的头发丝,它们曾是在大海上纵横的水蛇。

我将顾客刚才试的一堆衣服整齐地摆放好,塞入透明袋中。她挑了那么多衣服,却嫌这件颜色太深,那件长度太短。我能理解她们。正是因为我能理解每一位这样的顾客,才让我在这个价钱高昂的品牌专柜立下脚跟。"姐姐,如果其他家也没合适的您再来吧。""姐姐,您逛街累了吧?给您倒杯水。""姐姐,这件衣服真的很适合您,您再考虑考虑吧。"我带着笑容将她们送走。其实,我并不厌恶她们,这是我的工作。但我想念我的哥哥。想念他的眼睛、鼻子、嘴巴。2688,是我半个月的工资;3788,我可以给自己添置一台家电;5988,如果能知道哥哥的消息,我会用这笔钱飞到他身边,请他吃一顿大餐。小时候的生活太艰苦了,可我们爱吃的东西又很多。店长看着我恍惚的神情,将一件抽丝的衣服塞入我的怀里说:"你去退仓吧。"

我抱着这件抽丝的衣服，满商场找快递员。虽然我知道快递员的电话号码，但我觉得似乎只要保持这种寻找的动作，我就能一头撞上我的哥哥。我有时会想，如果爸爸生活在这个城市，他陪着他的妻子，或者他的女儿来商场逛街，我们迎面撞上时，彼此会认出对方吗？我没有见过他的模样，想必他也没有见过我。也许他已经忘了我们。旧房子被拆迁后，我们住过一阵子地下室。雨季到来时，水会漫进来。哥哥用扫帚扫水，白色的水沫在门缝里打了个转儿，又像幼鸟的叫声般渗了进来。那段时间，我害怕所有毛茸茸的东西。它们的触感，就像被炸过后的冰块。哥哥被我这个比喻逗乐了。妈妈在床上咳嗽不停。我烧了点水，浸湿毛巾，敷在她的额头上。"幸亏有你们啊，宇轩。"妈妈有气无力地说着。妈妈昏昏沉沉地睡过去了。我坐在床边想哭，如果没有我们，妈妈会生活得更好。我们从未让妈妈感到骄傲过，为什么妈妈要感谢我们呢？我越想这个问题，眼泪就越发止不住。

我加快了脚步。葱茏的人群、平滑的瓷砖、水雾般的黄色灯光，一切都在迅速地往我身后退却。白色的医院，蓝色的天。温暖的水壶，冰冷的早晨。一个老人推着馄饨摊走过。街头的小卖部计算着利润。幼年的我揉了揉发青的膝盖。所有的这些都让我想哭。我的哥哥，他举着孙悟空形状的糖画向我跑来。从小，他就想当一个盖世英雄。他会有七彩祥云，也会有七十二变。我们围在电视机前看《大话西游》，哥哥说他会有挚爱的人，他会用生命保护她。想到他说的话时，我就更忍不住地想哭。哥哥有没有遇到他挚爱的人呢？如果遇到了，那个女孩爱他吗？看着我们的妈妈，我是那么向往爱又惧怕爱。

Alice。哥哥和我重复着这个单词。在遥远的大西洋，有一头鲸鱼叫 Alice，它和所有鲸鱼都不相同。正常的鲸鱼发声频率在 15—25 赫兹之间，而它的发声频率却是 52 赫兹。也就是说，在所有的海洋中，没有一头鲸鱼能和它说上话。它在大西洋里起起伏伏，喷洒着孤独的水花。我问哥哥："他们并没有排查到海洋里所有的鲸鱼，为什么要对这件事下定论呢？"

Alex。哥哥用钢笔在笔记本上写下这个名字。

Alex。我重复了一遍。

外公去世后，妈妈接管了他的灯具店。妈妈在怀我们的时候，外公花钱给她找了一份工作——在幼儿园当老师。长大后，妈妈和我说，那段时间，她明白生下我们是正确的。我无法评判这件事正确与否,只是坐在灯具店的小板凳上,看着缠绕在屋顶的霓虹灯,从绿变成红,从红变成蓝。我想保护我的妈妈,我甚至想穿越回去,在妈妈生我们的时候,紧紧握住她的手。她那时一定很孤单吧。趁着妈妈不备,我打开了店里所有的灯。妈妈嗔怒地看着我。

妈妈,我多想照亮你的人生。我默念着,哇的一声哭了出来。

妈妈知道我怕黑。在生命最初的那段时间,哥哥陪着我。在往后的生命里,谁会给我安慰?谁会给我光明?我不知道。但我想给妈妈光明。我想在她早晨醒来的时候,拉开窗帘,让金色的阳光抚摸着她日渐苍老的皮肤。可我那么不争气。我以为那个男孩是爱我的,我以为靠近我的男孩都是爱我的。就像妈妈一样傻。妈妈让我上复读班,我死活不肯去。我那时想和街上的小青年一起出去打工。妈妈把我关在房间里,我大喊让我出去。妈妈抵住门,然后有了椅凳拖行的声音,水瓶放置的声音。我靠着门,一寸寸地矮下去。门后又传来了妈妈的啜泣声。一瞬间,我明白了,妈妈失去了哥哥,不能再失去我了。

如今,我已经来了南京上班,妈妈经常过来看我。清明回家,妈妈带我去看外婆外公。外婆去世很早。我想,妈妈当年生下我们，外公肯定很生气吧。可妈妈说，外公可喜欢他的外孙外孙女了。外公给哥哥做了弹弓，外公给我买了小衣裳。哥哥出走后没多久，外公就去世了。在此之前，他用自己的所有积蓄在报纸上登寻人启事、找侦探、上电视。哥哥依然杳无音讯。

"你知道埃及有鲸鱼吗？"哥哥曾问过我。

"埃及？埃及怎么会有鲸鱼？"

哥哥看着我说："狮身人面像鼻子处有一个机关，只要按下去，人类文明将毁于一旦。"

我问他："那它和鲸鱼有什么关系呢？"

哥哥伸出双臂，自由落体到床褥上："谁也不知道，狮子的身体会有一张人的容貌，埃及的沙漠里可以建造出恢宏的建筑，而大西洋里的一头孤独的鲸鱼，能够唤醒几万公里外熟睡的人们。你能想象吗，宇轩？"

我坐在床沿，仔细思考如何回答他。

"没有什么是不可能的，宇轩。宇宙爆炸，诞生出了氢原子、碳原子、氧原子。这些构成了星球，星球诞生了生命，生命完成了我们。我们都来自那个无限大又无限小的点。不能说一样东西和你完全没关系。处女座和我有关系，月球与我有关系，无限远的远方，和无穷尽的人们，都与我有关系。宇轩，我们都曾经是一颗孤单的星球。"

我看着哥哥。他叫田宇珩。这颗沉默而敏感的星球，被命名为田宇珩。

哥哥再也没和我提过埃及的鲸鱼，但我知道他还在追寻。直至他离开了这个地方，我都知道。他那么像爸爸，那他也会像爸爸一样消失。我常常翻阅哥哥的照片，勾勒着爸爸的模样。他当了海员，去了美国，又到非洲科考，我们的爸爸是个了不起的人。我想象着爸爸站在领奖台上的模样，他或许会说："感谢我的妻子，感谢我的孩子们——"我不知道这孩子们指的是谁，但我知道，他一直没有忘记他的孩子。他会带非洲草原里最艳丽的花去看他们。

站店的时候，我经常盯着走廊里来来往往的男人们。我的哥哥长胡须了吧？我的哥哥说不定已经一米八了。我的哥哥肯定找到了他的挚爱，穿梭在商店里给女孩买钻戒。这么多年过去了，他也许也当了海员，去了美国，去了非洲。我希望他能给那个女孩一个温暖的家，宛如他张开双臂躺在床上一样。家不是大海，也不是酒杯。

店里来了一位新店长，她要求我们留整齐的发髻。她说我的头发太长太多，需要去一趟理发店。我有点不高兴，但又问她："需要剪刘海吗？"她盯着我看了半天，似乎有点不忍心地说："齐刘海挺适合你的。"那天，我卖了三件大衣，完成了销售额。店长建议我去上海路的那家理发店，那里剪得好。早班结束后，我坐地铁去了上海路。几个醉酒的男人在路口打车，他们回到家，会有谁扶住他们呢？我定在他们身后好一会儿。爸爸有这样的时刻，哥哥也会有这样的时刻。我希望有人会温暖他们。黄色的的士缓缓地停了下来。我离开了那里。

理发师剪去了我蓄了大半年的长发。咔嚓。咔嚓。它们就像那些说出口的誓言，曾与我们共同生长，到了一定时候，就会离我们而去。

"你要多长？"

我用手比了比背部的一条水平线。

"烫卷还是染色？"

我摇摇头。

"刘海要什么样子的？"

我仔细地辨认着镜子中我的模样。我是像爸爸多一点呢，还是像妈妈多一点？我又问我自己，我想像谁多一点呢？这是件难以定夺的事，任何选择都仿佛是背叛。

我伸出手，在额头上斜着画了一道。

"斜刘海哈。"理发师躬下腰，一点点地修剪着。妈妈曾给哥哥理过寸头。理完后,哥哥差点哭出来。妈妈送了哥哥一顶浆果色的帽子。我让妈妈帮我剪刘海,得到了三枚发夹。后来,妈妈都是带我们去理发店理发。我坐在自行车前头,哥哥坐在车后座,妈妈踏着凤凰牌自行车,我们仨穿梭过悠长的街道。那成了我回忆我的小半生时,最幸福的一段岁月。

"你听说了吗?"理发师问旁边的那位理发师。那个人正在调染发剂的颜色。

"什么事?"另一位说。

"我们老板被捉奸在床。"理发师小声说着。

"不稀奇。"另一位来回刷着刷子。

"他的情妇你认得的。"

"谁?"

"就是——"理发师使了使眼色,他的目光指着对面的理发师。

"还有这种情况?"

"听说啊,那女孩水族馆的工作都没保住。"

"哪个水族馆?"

"Alice 水族馆,本来叫欢乐假日水族馆,后来里面一只海豚成了网红,就改成海豚的名字了。"

"Alice？"我倏地仰起头，看着理发师，"你确定吗，叫 Alice？"

"当然，它还有个中文名，叫鲸鱼。奇怪，明明是一只海豚啊……"

我推开了理发师的剪刀。

妈妈又来视频电话了。她问我今晚吃了什么。其实我什么也吃不下，但还是说吃了碗面。妈妈说要多吃蔬菜，每天得一个苹果。我嗯嗯着。妈妈问我发型怎么这么丑？我说这是流行趋势。妈妈又和我絮叨天凉添衣的事。我并没有听进去。

我和店长请了假。

Alice 水族馆排起了长龙。到处都是小孩子。阳光照耀在我的肩头。说实话，这些年，我一直在寻找父亲，但我总感觉，哥哥依然在身边，而爸爸已经离我们很远了。我上了寻亲网，又发帖向网友求助，可我连爸爸的相片也没有。关于这件事，我问过妈妈，她说他的东西已经被她烧了。我又问爸爸的名字是什么，妈妈没有告诉我。仿佛是报复似的，我骑上妈妈新买的电瓶车，一个人在街上晃荡了许久。妈妈的电瓶车是送我和哥哥上学的，哥哥肄业时，妈妈推着车去汽修店重刷了一个颜色。妈妈骑着新颜色的电瓶车，到校长那里求情。回来后，妈妈对着镜子，给自己剪了个短发。哥哥把那顶浆果色的帽子递给她，她戴在了头上。

"下面五位可以进去了。"工作人员喊着。

我是五位中最后面的那一位。阳光从我肩头滑下去。

演出就要开始了，水族馆的灯暗了下来。

女士们，先生们……广播热闹地响着。我们看了海豚跃圆圈，海狮顶皮球，海象跳舞。

"下面激动人心的时刻到了，有请我们大名鼎鼎的海豚 Alice——大家掌声欢迎！"

一瞬间，我屏住了呼吸。

那是他。我的哥哥。

他举起了长棍，海豚 Alice 在空中扭了 360 度。他晃了晃长棍，Alice 在水中跃出，落下，跃出，落下，画出一道道曲线。水族馆里的孩子们尖叫着，我也加入了他们。然而孩子们的叫声盖住了我的声音。我离开了座位，钻入了播音室。

"田宇珩！"我对着话筒大声喊着，"田宇珩，你知道我们有多想你吗？！"

他手一抖，长棍即将落地时，他又抓住了它。Alice 露出头，看着他。

"田宇珩，我们不要你解释，我们要你回家。"

我被工作人员拉走了。他们想把我送出水族馆，我往地上一坐，开始撒泼。

他走了过来，手里并没有拿长棍。

他带我看了他的 Alice。Alice 朝我喷水。他反复和 Alice 解释，我只是他的妹妹。Alice 并没有停止它不友好的动作。

他把我拉到一边。他说，他现在是 Alice 的男朋友，只要有女生靠近他，Alice 就会采取一切办法赶她走。

"Alice 是你的挚爱吗？"

哥哥望着我，眼睛里有一尊狮身人面像。

"哥哥、氢原子、碳原子、氧原子。"我啜嚅着。

他指了指他的心，又指了指我的，说："我们。所有的我们。"

在那之后，我去了一趟三亚。我躺在细腻洁白的沙砾上，想念我的哥哥，我的妈妈。我很感谢，我能够来世间走一遭，就像妈妈感谢我们一样。哥哥说，他和 Alice 是在大海边遇见的。那年，他正在海上当海员。他说，他还想去趟美国，去趟非洲。渔民在捕鱼时，捕到了Alice，它受伤了。渔民准备把它卖给餐厅。哥哥救下了它。哥哥想把Alice放生，Alice却游了回来。三番五次，哥哥只好带走了她。后来，哥哥租了一辆货车，放上一个巨型鱼缸，将Alice带到了南京。Alice是个很聪明的姑娘。他很爱它。它也很爱他。

我站起身，在沙滩上留下两排脚印。椰子树叶沙沙地响着，我感到了安宁。

潜泳教练在前边招呼。我换上了泳衣，套上氧气管。

水流缓缓地从我身边滑过。在生命最初的那段黑暗中，是有人陪着我的。我记得那时候，我就有个擅长游泳的保护神。这是件让我倍感幸福的事。我喜欢他那圆鼓鼓的手掌。我们曾划过拳，他出了十三次剪刀，二十六次拳头。我喜欢出布。所以，他成了我的哥哥。哥哥肯定是见过父亲的，他比我早出生那么几分钟，父亲的模样，他肯定见过的。后来那几年，我反复问他，父亲长什么样子。随着下潜，我呼气，吸气，呼气，吸气……在大海深处，我看见了那张脸，他和哥哥如此之像。他宛如一缕晃动的阳光，完整地来到了我的面前。

白猫一闪

倪飞来到南京已经两周了,他并没有觉得不对劲。天还是蓝色的,偶尔阴沉。新百那家肯德基推出了麻辣小龙虾系列,味道和其他地方一样。公司一周休息一天半,他会坐地铁出去。去新街口,去大行宫,去玄武湖。它们还长着旧日的容貌,除了老了些。

变化是从第三周开始的。首先是他的父亲倪同安。他打电话说,他的战友死掉了。倪飞安慰他说,生老病死,人生常态。倪同安执意要去黑龙江送他一程。倪飞不同意,从宿迁去黑龙江,少说也得两天。到时候,战友都臭了。倪同安在电话里嚷了起来。倪飞觉得吵,挂了。自从母亲去世后,倪飞还没有挂过倪同安的电话。母亲去世时,倪飞还在国外出差,倪同安是想等倪飞回来,再将他母亲的尸体送去火葬场的。倪同安不知道,倪飞躲着他,吐了。

飞机会降落，人体也会腐坏。后来，倪飞从北京回到了南京。南京离宿迁不远。说不定某一天，他还来得及送倪同安去医院。

挂了电话之后，倪飞租的公寓漏水了。他不明白为什么公寓会漏水。中介告诉过他，紫宸公寓的房屋质量很好，安保措施到位，不存在令人头疼的问题。他也相信了中介。调来南京时，时间比较仓促，公司也催着办手续，倪飞看了几间房子，就定下了。他最满意这个公寓的沙发，平整、厚实，倪同安要是来了，让他睡床，倪飞自己睡沙发。自从母亲去世后，他不再愿意触碰到父亲的身体。

和父亲沟通了一下午，情况缓和了些。倪飞在走廊抽烟。走廊很长，最左端是一部电梯，能通到地下停车场。最右边也是一部电梯，只能到达一楼，二楼不停。中间还有一部电梯，就在他公寓对面，被封起来了，早已停用。从他的房间出发，往左走，往右走，都是一样的距离。倪飞不喜欢这样的设计，有一种插翅难飞的感觉。不过他也明白，不是所有人都适合飞行。

倪飞又去吃了麻辣小龙虾系列的塔可，超大的那种。也许买一份炸鸡，再买一份小龙虾，交换着吃，会比这个味道更好。不过，你还别说，它们卷在一起，比一口一个滋味好多了。就像电视上的练习生，又唱又跳的，比一个单唱歌单跳舞的，更加让他喜欢。所以他想，将来要找的女朋友，既要美丽大方，又要前凸后翘，既要聪明能干，又要贤惠持家。这些条件是并列存在的，并不矛盾。就像他既喜欢跑步，又有一只不黏人的猫一样。

他不知道是绣球在养他，还是他在养绣球。人有时候会混乱的。比如，吃了早饭忘了吃夜宵，有了老婆又去谈恋爱。绣球是一只白色的短毛母猫，眼睛是蓝色的。它有时喜欢吃猫粮，有时不喜欢。倪飞不知道它是怎样活下来的。后来，他在公寓里装了个夜视的监控器。倪飞刚闭眼时，绣球还在熟睡。等倪飞睡着了，绣球就起身，推开窗户，走了。没过一会儿，它又回来了，吐了一些鱼刺，胡须上还沾着牛奶般的液体。难道有人喜欢深夜喂猫？倪飞想不出，谁会有这样的癖好。不过，他也能理解绣球。公寓依然在漏水，墙面渗出了蛇一般的水渍。绣球受不了潮，它会烂的。

倪同安打来电话时，倪飞正在收拾桌角的猫毛。倪同安告诉他，他到了北京。倪飞问他去北京干什么，不是去黑龙江吗，倪同安说，他想去看看毛主席。没有毛主席，他就不会认识这个战友,也不会有倪飞这小子。倪飞着急了,说战友等不了他。倪同安说,我们都等来世界和平了,为什么等不了他?倪飞没有说话。这次是倪同安挂断电话的。倪飞不知道他挂断电话后去了哪里,也许去了天安门,那里有很多人。这是母亲死后,倪飞最放心的瞬间。他们不会放任他不管的。

收拾好了,倪飞出门去倒垃圾。垃圾箱在两边的拐角处。有时倪飞去左边,有时倪飞去右边。这可能与他那天的心情有关。哪天倪同安要是指责了他,他左右都不会去,他就把垃圾堆在房间门口。堆了三四天,就到了绣球失踪的时间了。它总是会消失几天。每次倪飞都要耗费好大的劲才能找到它。有时,它会在楼下共享单车的车篓里,那个时候它是长方形的;有时,它会在三楼的空调外机上,那个时候它是蓬松的;有时,它会在那台废弃的洗衣机里,那个时候,它已经没有了骨头。它特别喜欢那台废弃了的洗衣机。可能是这层住户不要了,搬不了了,索性丢在这部被封存的电梯面前。也许有一天,这部电梯开了,就会卷起舌头,将这台洗衣机无声无息地吞了。这让倪飞有了一种隐隐的兴奋,就是在老板的文件上泼上咖啡的那种感觉,倪飞期待着这一天的到来。

倪同安在天安门门口给倪飞打来了电话。他说天安门很大。倪飞说他也见过。倪同安说他可以帮天安门看门。倪飞说不需要，警察都在。倪同安说，警察在，他不在。倪飞问他，你不在有什么关系？倪同安说，关系大着呢，他会做窗框雕花。倪飞不知道回他什么。倪同安絮叨了半天。倪飞一言不发地听着。电话那头，倪同安哽咽了起来。倪飞问他怎么了，倪同安说，今天天空太蓝了。

倪飞并没有将这句话当回事。他打开窗户，拉好纱窗，关闭电磁炉电源，给绣球加满了猫粮，然后锁门去公司了。到了中午的时候，倪飞才意识到倪同安的这句话意味着什么。食堂新出了奥尔良烤鸡套餐，也不知道什么时候，倪飞爱上了这些食物。就像人有些时候会被天空的蓝色感动一样，另外一些时候，他们会和一顿烤鸡饭相亲相爱。

回到公寓时，对面的电梯口边，多了一只蓝色的玩偶熊。熊大概有一米高，歪坐在电梯口，快有洗衣机高了。倪飞喊了一声，不知道喊谁。更让他自己奇怪的是，他甚至害怕玩偶熊会应他一句。阳光从边上的窗户透过，照在玩偶熊上，玩偶熊变绿了。玩偶熊笑起来了。倪飞也笑。真是一个惬意的傍晚。倪飞刚想关上门，又松开了手。有人来看他了，还是头毛茸茸的熊。他该做什么呢？扑在它怀里撒娇？倪飞犹豫了下，走廊的灯突然变亮了，熊又变成了带金边的褐色。倪飞摇了摇头，关上了门。

到了晚上十点，绣球还没有回来。倪飞关闭了电脑，躺在床上。面前是一盏灯，还有无数的水渍。倪飞打开手机，手机里并没有可以一说的人。他垂下手，又举起。手机里有一款交友软件。迄今为止，已经有两万个女孩喜欢他了。有做模特的，也有奶茶店店员。他见过几个。她们都有两只眼睛，一张嘴巴，这让人感觉舒适。倪飞送了她们手链、高跟鞋、护肤面霜。她们送给倪飞热情的拥抱。倪飞喜欢她们。她们还有一对椭圆的脚。

在吗？倪飞问列表里的第二十三个女孩。

嗯嗯。我今天早上喝了杯牛奶，吃了片白面包，差点没有挤上早班地铁。公司要举办活动，我要给各个单位打电话联络，有几位我叫错了名字。中午食堂的菜好难吃。下午同事叫了咖啡，我没有拿到最爱的抹茶拿铁。晚上又让我们加班。下班的时候，的士居然堵车了。晕晕乎乎到了家，洗了个澡，头疼，但下午喝了馥芮白，实在睡不着……

倪飞没有兴致听下去。世界上扫兴的东西多着呢。他摁黑屏幕，又点亮。

累吗？他问第二十三个女孩。

当然。我冰箱里的牛奶明天要过期了。南京地铁涨价了。公司要处理的文件一大堆。食堂明天吃面。同事请了两次咖啡，下次到我了。加班不提供夜宵，到了八点就饿了。路况越来越堵。物业说三天后会停水。太累了，我却睡不着。

是吗？他又问。

是啊。有什么办法。河西的房价太高，我想去油坊桥看看，但那儿没有新房了。二手房这几年，比新房还贵。房贷利率又提高了。我咬咬牙，想凑个首付，爸妈却让我回老家，找个事业单位的工作，对象也帮我看好了。我真的不想过一眼望到头的人生。

见吗？倪飞打出两个字。

我叫余悠悠。女孩发来了一个表情。

走吗？倪飞又问。

余悠悠挺喜欢绣球，她说绣球身上有奶糖的味道。倪飞不喜欢这个比喻，这让他感觉绣球是会融化的。绣球化了以后，会变成什么？可能会变成猫形的地图。只要把绣球移到大西洋上，它就是一座岛屿了。倪飞会在那里养上四十九个孩子。

自从余悠悠来了后,公寓停止了漏水。一切恢复了干燥的原样。倪同安又打来了电话,说他的战友已经火化了,虽然未见最后一面,但这让他感到欣慰。倪飞问他,黑龙江冷吗?倪同安说,他在卢沟桥。倪飞问,去卢沟桥干什么?倪同安说,他想去。倪飞没有继续问下去。如果现在他想吃麻辣小龙虾,倪同安也不会问他为什么想吃。维持彼此间的客气,不只是父子间的课题,也是世界性的难题。

倪飞又去吃了麻辣小龙虾塔可。他说过,他将来的女朋友,既要美丽大方,又要前凸后翘,既要聪明能干,又要贤惠持家。这些条件是并列存在的,并不矛盾。女孩子的脸上要是出现了什么敌我矛盾,那固然是不好看的。所以余悠悠不算不好看。他和余悠悠自拍了一张,想发给倪同安,想想又算了。倪同安不喜欢女孩自拍,更不喜欢男孩自拍。

早晨起床,余悠悠热好牛奶、面包,两人刷好牙,拧干毛巾,对坐着吃完早餐。倪飞给余悠悠拉裙子拉链,余悠悠给倪飞系西装领带。出了门,倪飞走右边的电梯,余悠悠走左边的电梯。倪飞想,要是中间的电梯还能运行,余悠悠还能和他多待一会儿。他不知道余悠悠是否有同样的想法。有时，倪飞回来得早，他会给热水器加热。有时，余悠悠回来得早，她会给倪飞热牛奶。两个人心照不宣地彼此照应着。倪飞总是想起他的母亲。母亲还在世时，喜欢给他买鞋子。母亲说，鞋子要合脚。

有时候，倪飞会买几杯咖啡，送到余悠悠的公司去。他总是心怀愧疚，对于母亲也是。倪同安当兵回来后，喜欢打麻将。他把麻将摞成整整齐齐的一排，哪个子都舍不得扔。他的对家输得冤枉。久而久之，没人喜欢和他打了。他又拿母亲的钱重新修葺家里。照片是一排，奖状是一排，桌椅是一排，油盐酱醋也是一排。要是母亲没有把盐瓶归放原位，他就会大发雷霆。有一次，倪飞磕掉了大门牙，倪同安急得怎么也睡不着。直到倪飞的门牙长出来了，倪同安的睡眠状况才得到了改善。

余悠悠不知道这些事。她将倪飞的衬衫洗干净，又整理好了他明天要穿的衣服。

"你看鼓楼的房子怎么样？我们拼拼，首付就够了。"余悠悠问他。

"不行，那边全是老房子，没有新楼盘。"

"那安德门的翡翠园也要开盘了，三成首付，均价还可以接受。"

"不成，那里都是老小区，地势低，治安乱。"

余悠悠刷着手机上的房市软件。倪飞看着抖音。抖音上有香辣土豆泥教程，倪飞看了两遍，他相信，余悠悠会做出来的。

"你知道绣球晚上去哪里了吗？"余悠悠放下手机，问倪飞。

"它去了大西洋。"倪飞上下划着，还想把土豆泥教程再看一遍。

"为什么？"

"那里有我的四十九个孩子。"

倪飞不想知道绣球晚上去了哪里。人要是知道了自己怎么死，那还会睡得着吗？绣球有它自己的想法，这个世界上，任何人都管不了。它要是真去了大西洋，倪飞还是会祝福它的。不过，大西洋那里不太适合白猫，倪飞是知道的。

余悠悠没有问下去。她可能会给他生第五十个孩子，又可能不会，这就是爱情最大的妙处。你要是知道谁是你的爱人，你的爱人会给你生个怎样的孩子，这个孩子上了什么大学，最后又是谁给你注射胰岛素，听你说完此生的最后一句话，那活着多没劲！

"那只熊走了。"余悠悠躺了下去，用凉被捂住半个脑袋。

"什么熊？"倪飞问。

"就是电梯门口的那只蓝色的玩偶熊。我看它一直在那里，今天却没了。"

"它确实是一直在那里的吗？我感觉好久看不到它了。"

"我来的时候，它就在了。"余悠悠将身体埋下去，喉咙里发出呼噜噜的声音。

"你在干什么？"

"游泳。他们说，要将身体沉下去，想象自己是一段柔滑的白绫，顺着水势，你就会慢慢地浮上来。"

"绣球知道吗？"

"让绣球知道干什么？"

"我担心它。"倪飞长叹一声，卷起凉被的一侧，裹在了身上。

早起上班，倪飞特地瞥了一眼。余悠悠买的牛奶今天馊掉了。她煮了一碗红茶。倪飞问她怎么煮的，余悠悠说，锅烧水，放茶叶，电磁炉小火烹。倪飞问，会做香辣土豆泥吗？余悠悠皱着眉头想了一会儿，点了点头。倪飞觉得她肯定会。就像煮茶叶一样，捣了加点料。葱花，八角，豆蔻，十三香。是不是香辣的，也没什么大不了。倪飞怀着这样的念头，看了一眼对面的电梯口。

电梯口多了一具塑料模特的半截身体。它的左胳膊举着，右胳膊悬着，似乎搭在洗衣机上，却又显得十分吃力。它没有头发，嘴角却上扬着，眼角画着浓浓的眼线。

倪飞往右走了几步，又折回。他觉得有必要和新朋友打个招呼。

"你好，我叫倪飞，很高兴认识你。"倪飞握住了塑料模特上扬的左手。

模特没有笑，也没有说话。

做项目PPT的时候，倪飞觉得自己在南京多了位朋友。虽然它只有一半。

电话响起，是倪同安。倪飞问他在哪里，他说他在俄国。倪飞问，去俄罗斯干什么？他说，沙皇杀了很多人。倪飞问他，沙皇跟他是什么关系，管人家事干什么？倪同安说，他在找自己来自哪里，终于找到这儿来了。倪飞问，哪来的出国的钱？倪同安支支吾吾。倪飞怒了，问他是不是吞了母亲的丧葬费，倪同安不说话了。倪飞让他滚回来，回宿迁去，给他妈磕头。倪同安还是不说话。倪飞嚷了半天，倪同安终于开口了，他说其实这个问题，你妈也很想知道。

倪飞紧紧地抱住了余悠悠，他感觉余悠悠像他的绣球。绣球很少让他抱。它是柔软的，又有骨头，躯体随着呼吸来回起伏。余悠悠也让他抱着。抱女人是件幸福的事，倪飞却有了想哭的感觉。他想起了他的小时候，奶香的帕子，碧绿的作业本。倪飞将下巴塞进了余悠悠的锁骨凹里。他不是只有过这么一个女人。而余悠悠，恰好在这个时候，在这个地方，被他紧紧抱住了。

"我觉得公寓要漏水了。"倪飞松开了余悠悠后，余悠悠说。

"它以前漏过。"

"没补好吗？"

"补得好吗？"倪飞耸耸肩。

余悠悠叹了口气："我觉得还是新楼盘好。"

"你看见电梯口的那半个女人了吗？"

余悠悠瞪大眼睛，过了一会儿才反应过来："怎么？"

"我觉得她人挺好的,你要和她说说话。"

余悠悠又耸耸肩:"今天我们的下午茶是瑞幸咖啡,这会儿挺流行的。我点了抹茶味的。第一次发现抹茶这么苦,真是奇了怪了。老板说今天不用加班,我就和同事去了德基广场,那里有家茶餐厅,以前总觉得那里味道不错,可今天,吃什么都是苦的。"

"可不是嘛。"倪飞说。

"你想学游泳吗?"余悠悠问。

这个话题没能进行下去。倪飞明天还有一个重要会议,余悠悠每天也要打卡,他们彼此道了沉默的晚安。倪飞睁开眼,想看看绣球。绣球不在,纱窗中间的拉链开着,晚风吹过来,鼓起了老大一个包。

半身女人在这里没有待多久。倪飞想,她可能旅行去了。这年头,出去旅行的人太多了。姑妈去了夏威夷,舅母去了新西兰,就连门口卖水果的二大爷,也去泰国见了一回人妖。倪同安比他们还酷,谁也不知道他现在在哪里。

为了和半身女人告别一下,倪飞骑着单车在河西转了一圈。这里全是新建设出来的,很难想象,几年前,这里还是一片荒郊野岭。红灯停，绿灯行。倪飞遵照着世间的规则默默行进着。没错，活在战争年代，保家卫国；活在和平年代，娶妻生子。这似乎是一个人来到这个世界，必须要做的几件事。如果不做呢？那或许也死不了。既然死都死不了，活着还有什么意义？有时候，倪飞期待自己是山峦、棒球、玻璃罐，或者针线盒什么的东西。

半身女人消失了。很多东西都会消失，倪飞安慰自己。手帕会消失，绣球也会消失。母亲讲过的那些故事，成了冬日里呼出的白气。现在想来，倪飞觉得它可能是某种雪花，气体状的，落在天空上。半身女人也有一双雪做的，椭圆的脚。

倪飞沮丧地回到了公寓，电梯口依然是那台洗衣机。也许从盘古开天辟地时，洗衣机就在那里了。这是千百年来都无法改变的事。

余悠悠正在捣土豆泥："回来了？"

"嗯。"倪飞落下一个字，就像踩了个脚印。

余悠悠洗干净了手，从抽屉里掏出了一个玩偶般的东西。

是个绣球模样的东西。倪飞猛地后退了一步。

"它老是跑，你又总是收藏猫毛。我就把你藏的那些毛拢起来，做了另一个绣球。怎么样，喜欢吗？"余悠悠满怀期待地看着倪飞。

倪飞额头渗出了汗珠。把猫落下的毛再次变成猫，仿佛就是把战场上残缺的肢体组成了另一个人。倪飞浑身一阵战栗。

"拿走它！"倪飞撇过头去。

倪飞没有管余悠悠说了什么。他回到走廊上，抽起了烟。烟抽了一半，他拨通了倪同安的号码。

嗯嗯。多吃点。注意安全。别太累了。回来吧。这是倪飞听着等候音时想到的答话。

倪同安去了法国。

"你去法国干什么？"倪飞觉得不可思议。

"我去了巴士底狱。"倪同安声音有些颤抖，"我想去看看他们。"

倪同安絮絮叨叨地说了很久。倪飞问他："你还会回来吗？"倪同安又说了很久。

烟抽完了，半身女人还没有回来。它可能和那个玩偶熊在一起。我们无法避免它们的消失。

桌上摆着一碗香辣土豆泥。余悠悠的行李箱立在桌旁。

"如果我怀孕了，我们会买房吗？"

倪飞不知道如何回答余悠悠。那瞬间他想到的是，如果余悠悠把她的两个行李箱拿走，那绣球的窝，他还可以做得大一点。

余悠悠跷起了二郎腿。她的脚很好看。这样的脚，应该踩着毛绒拖鞋，一跋一拉地走在别墅的地板上。

"你怀孕了？"倪飞抬起头。余悠悠的眼线膏花了。

余悠悠笑了笑。两人对坐在桌旁，将一碗香辣土豆泥吃掉了。

很多时候，倪飞想，就是她了。谈不上她有多好，就冲她会做香辣土豆泥这件事，她已经胜出世间女子万千了。余悠悠将用毛做的小绣球放在了箱子里，里面还有过冬的被子与枕头。也许有一天，倪飞会适应的，关于梦想、生活与执着，就像余悠悠一样，梦想紧紧地挨着生活，执着又靠在梦想的左边。

绣球回来的次数越来越少，倪飞有点纳闷。它甚至都不愿和他打照面，一见到倪飞，就蹿出了纱窗。倪飞只得拉紧了纱窗拉链。而当倪飞打开门时，绣球又蹿出去了。倪飞不知道它得了什么病。问余悠悠，她也不知道。

打开监视器里的视频时，他才知道缘由。余悠悠不喜欢绣球，绣球也不喜欢余悠悠。上次，余悠悠还一个人去注射了狂犬疫苗。在视频里，余悠悠用笼子困住了绣球，抛上天花板，然后笼子又重重落回地上。来回几次后，绣球卧在地上哀嚎。余悠悠打开了笼子，拎着绣球的脖子，掼在了墙壁上。绣球在地上挣扎着。余悠悠用右脚踩在它的头上说："凭什么都是我买咖啡？凭什么你们不买抹茶拿铁？凭什么上周五是我值班？凭什么你有车我要坐地铁？凭什么垃圾是我倒？凭什么碗也得让我洗？凭什么他们住大房子开豪车，我要住在这个破公寓里？凭什么我还得伺候一只母猫？"

倪飞没有看完视频。有时候，人得在一个人和一只猫之间做出选择。

正在犹豫时，倪飞接到了倪同安的电话。

"你现在在哪里？"倪飞问。

"我去了好多地方，"倪同安说，"哪个地方都像我的家，又都不是。"他在意大利看美术展，又去蓝色的多瑙河上泛舟。他还是无法确定，他是谁，他要到哪里去，为什么会有一个他。从小到现在，恐怕到了临死之际，他还是不能给自己一个答案。

"你思考这些干什么？"倪飞嗔怒。

"倪飞，"倪同安平静地说，"你告诉过我，宇宙来源于奇点的爆炸，可是奇点又来自哪里呢？"

"爸，你还是回来吧。"倪飞说，"要不，到我这儿住住。"

"我要去波士顿了。"倪同安说。

倪飞和余悠悠抱了抱。余悠悠一手一只行李箱，就像出去度假一样。对，就是度假。倪飞安慰自己。绣球再也没有回过家。余悠悠又租了一个房子，还是会经常停水。

"我只有你了。"倪飞出门时，对着废弃电梯说。

电梯当然没有回话，它没有这个必要。蓝色玩偶熊还没有回来，半身女人也是。余悠悠可能有了玩偶熊的陪伴，或者玩偶熊已经被人捡走了，拼出了整个女人的轮廓。

绣球还没有回来。公寓里没有了不知源头的鱼刺，也少了绣球胡须上的牛奶味。

倪飞喊着绣球的名字，坐着电梯上下，去各个楼层寻找。一个恍惚，他觉得自己身处战壕。四处是枪林弹雨。他紧紧攥着母亲的衣角，大气也不敢出。

并没有人看见这幢楼里有过一只白猫。

倪飞对着空气摇了摇头。人们总是这样，看不见的就是没有。

倪飞走到了废弃电梯前,它是不锈钢的。倪飞觉得它会打开的。生活如此,死亡也如此,它必然会打开。洗衣机也在那儿,就像可以擦去某些痕迹的橡皮擦。

倪飞从不知道单凭自己,也能打开电梯的门。也许这就是它废弃的原因。电梯停留在这一层。

啪的一下,电梯关了。倪飞打开手机手电筒,电梯也在漏水。绣球肯定在里面。

倪飞陪着黑暗沉默了很久。墙壁上的水迹宛如一条条小蛇,攀上了他的脸颊,啃噬他的心。他想起了倪同安。因为他,小时候的倪飞受尽了嘲笑。他一个人回来时,整个镇子都轰动了。有人问他,越南和平了吗?有人问他,打枪是什么滋味?更多的人揣测,他会被拉出去枪毙。可是活了几年,倪飞都有了,还是没人来找倪同安,大家可能把他忘了。但他们肯定没有忘记缘由,因为倪同安当年找到了队长说,军营漏水,他受不了。

四周一片黑暗,宛如身处棺木里。倪飞站起来,又坐下。活着,有人是参与了一场战争,更多的人,是等待一场战争,直至死亡。有人战死,有人投降,有人成了他人的垫脚石,却以为皆可忘怀。他不知道倪同安现在在哪里,正如倪同安也猜不到倪飞在一座黑暗破旧的老电梯里。他以为这里有宝藏。他以为这里有他要的东西。

倪飞躺了下来。他在呼吸。闭上眼,他感到再一次失去了自己的前半生。

倪同安会在洗衣机里找到他,他将有一双蓝色的眼睛。

金鱼幽灵

截至今日，在日本海岸已经找到了九十五艘幽灵船，根据大洋环流，初步推算是从朝鲜半岛方向漂来的。幽灵船上有渔具、锅碗瓢盆，还有几具至十几具不等的白骨，白骨上多覆有衣物。目前，日方海岸已经全面戒严，多方面封锁，以应对这场诡异又未知的危机。

夏伟胡读到这篇报道时，本能地看了一眼梅丽。说不上为什么，他看到那些不可思议的报道、图片、小说时，都会下意识地看看梅丽在不在。嫂子很漂亮，大哥有福气。夏伟胡老是听他酒友这么说。梅丽确实是个漂亮女人。夏伟胡和前妻离婚时，梅丽身边还有三个候补选手。听她说是三个，可能不止这个数。夏伟胡算数没那么好，四五个和八九个，不过是一只手掌和两只手掌的区别。

这也是夏伟胡迷恋梅丽的原因。梅丽是金晨中学的艺术老师，琴棋书画样样都成。校长告诉夏伟胡，梅老师可以在一只手掌上跳舞。那几日，夏伟胡老是惦记自己的手掌。听说，人只要紧紧地盯着自己的手掌，手掌心就会发热。那他紧紧地盯着梅丽的身姿，梅丽也会如他般滚烫潮热吗？脑子一热，夏伟胡就给金晨中学赞助了一学期的文化艺术比赛，不过有一个要求，必须要举行一场师生舞蹈比赛。

梅丽成了金晨中学首届舞蹈比赛的冠军，也成了夏伟胡的第三任老婆。

夏伟胡自认为是绅士，他和老大、老二离婚的过程，都是低调而华丽的。老大得到了两套房子，老二分得了一些股权。老大的儿子在美国念书，不吵不闹；老二的女儿小学刚毕业，夏伟胡让她进了金晨中学，和她的后妈培养感情。女人嘛，都是这样，一个人走路累了，难免会有打的士的念头。只不过，梅丽和那只不存在的手掌一样，安静、柔软，在夏伟胡的注视下，默默地发热，却从未被他触碰到过。

"幽灵船？"梅丽重复了这个词。她在小房间练完舞之后，洗了个澡，换上了一身干净的丝绒睡衣。整个过程，都是夏伟胡独自观赏的，梅丽也不避讳。她脱下湿润的舞衣，解开丝缎鞋带，乳罩也摘了下来，被整齐地摞在了椅背上。梅丽是好看的，脸好看，身材也好看。夏伟胡抚摸着沙发的真皮套。烧饭阿姨已经走了，他们在等钟点工。

"我们要个孩子好了。"夏伟胡说。

梅丽用毛巾擦拭着头发。

"我又不是养不起。"夏伟胡站了起来。

"你说是多少艘幽灵船？"梅丽用毛巾把头发扎了起来。

"九十五艘。"夏伟胡又坐了下来，报纸被压扁了。

梅丽走入了卧室，坐在床边："我觉得很可能不止两位数。"

"是啊，"夏伟胡把报纸抽出来，卷实了，扔入了垃圾桶，"如果我是总司令，很有可能派上两百五十艘，五百艘也是可以的。"

"嗯嗯。"梅丽应承着，躺了下来，床褥里陷入了一个姣好的人形。她的脚悬着，像两条明月下的白鳍豚。有什么要跃出来了，神的赐予若隐若现。

夏伟胡躺在了梅丽身边，他用手掌抚摸着梅丽的身体。

这边是雪山，这边是深壑。女人的身体是一幅世界地图吧，总有一处你想抵达的地方。夏伟胡低吟着，梅丽却像锡像人儿，静谧、闪耀。她是温热的，夏伟胡想。温热的法国、温热的埃及、温热的夏威夷海滩，就连她的北极，也是温热的。这让夏伟胡对这个世界有了些许感动。在他中年的末尾时段，还能抚摸到一副雪白温热的胴体。夏伟胡吻住了梅丽的嘴唇。

这里却是冰冷的。

梅丽并没有怪他，他也没有怪梅丽。主卧室里有个书柜，书柜第三层抽屉里，放着很多药，感冒灵、咀嚼片、黄连上清丸，还有许多大大小小、红红绿绿的瓶子。有个瓶子很洁净，均匀的弧度，细腻的瓶身，里面装着些药丸，梅丽会偷偷服用。夏伟胡知道，那是避孕药。

"你是说多少艘幽灵船来着？"梅丽罩着丝绒睡衣，脖颈修长。夏伟胡觉得她马上就要飞走了。

"九十五艘。"夏伟胡又重复。

"上面都是些什么人呢？"梅丽伸展双臂，将睡衣穿上。

"也许有军人、有学生、有渔民，还有律师。"夏伟胡打了个哈欠，玩弄着梅丽睡衣上的蝴蝶结，"不过，他们都变成白骨了。"

"白骨？好好的人，怎么就成白骨了呢？"梅丽喃喃着。

"他们在海上漂着漂着，然后就死了呗。"夏伟胡依旧躺着，嘴里含糊不清。

梅丽坐在那儿。夕阳油亮，渐渐显示出时光自有的温柔。百叶窗漏出一点点光，有的落在了纸上，有的落在了书柜的抽屉上，像是长出了茸毛似的。夏伟胡眯着眼。人们总会在周日的傍晚原谅所有的事情。梅丽看着被百叶窗切碎的夕阳，它正热切地失去着。忽地，它撒尽了，转而暗淡又缓慢。梅丽的半边脸被温温地照亮。夏伟胡不是第一次发现，梅丽是忧伤的。

这个下午便是寻常。所幸，夏伟胡也没有多少异议。他儿子刚入青春期那会儿，他正和老二如胶似漆。老大说，等儿子考上了大学，就让夏伟胡去自由飞翔。但老大没能如愿。老二怀着夏伟胡的女儿上门了。后来，夏伟胡将儿子送去了美国。他儿子像他，不和人红脸。他女儿也像他，不爱多说话。一家人和和美美，多好。可能梅丽并不这么认为。女孩有自个的心思，倒也不能怪罪。

夏伟胡是去找过他的。梅丽说过，她和他都订婚了，他又反悔。这让她在学校里抬不起头。后面这句，是夏伟胡自己猜的。梅丽从不和他讨论她对这件事的看法。不过，推己及人，夏伟胡还是挺心疼她的。他们俩在大学里相恋，他回家乡当老师，她追随他来到了金晨中学。梅丽嫁人了，他也早已结婚，找了个家里做生意的女护士。有一次，夏伟胡感冒了，特地跑到人民医院，找那个姓路的女护士。路女士扎针很稳。夏伟胡想告诉梅丽，想想又算了。

还有一次，夏伟胡去金晨中学喂鱼。说不上为什么，夏伟胡就喜欢金晨中学的砺学池。池塘很浅，只能没过夏伟胡的膝盖。很浅的池塘里，还有金鱼、蝌蚪、小河龟。夏伟胡抛点面包碎，金鱼们吃得很欢。池塘边，经常坐着一个男人。每到傍晚，男人都会来池塘边坐一坐，也不看手机，就坐着。两个人从没有说过话。夏伟胡撕完了面包，走了。这件事，夏伟胡也想告诉梅丽，想想，还是算了。有些人摆脱了旧日的眷念，却摆脱不了每日的夕阳。

梅丽是不想和他谈论这些的。梅丽什么也不想和他谈。除了每天吃什么，还有要不要关灯。有时候，夏伟胡会认为自己娶了个会跳舞的木偶娃娃。梅丽每日在小房间练舞，伸出一只脚，再伸出另外一只，就像活着一样，过完了一日,再去过另一日。夏伟胡看着报纸。他只习惯看报纸。不过这样也好,鱼肉有剩的了,烧饭阿姨会用报纸裹走,给猫狗吃。夏伟胡有时觉得,他和猫啊狗啊没什么区别。猫会睡觉,他也会。

梅丽与校长的事,已经传得有鼻子有眼了。有英语老师说,也有生物老师说。理科班的老师说,梅丽早就和校长好上了,那个男人才悔婚的;文科班的老师说,梅丽打过胎,不知道是哪个男人的;实验班的老师说,长得这么招蜂引蝶,肯定不是什么好东西;普通班的老师说,真的有人亲眼见过,校长待在梅丽所在的操房,两三个小时都没出来。传来传去,梅丽还是那样,压腿,起范,伸展腰肢。只不过,校长夫人来了,当即朝她泼了一杯开水,没等梅丽叫出来,她就攥着她的手,用膝盖压着她的背,偏要让梅丽磕头认错。梅丽身姿柔软,滑得跟条金鱼似的。校长夫人抓不住她,又开始撕扯她的头发。操房外的人们大声叫好。

夏伟胡来把梅丽领了回去。梅丽脸上被烫出的水泡还没消,又长了些青红印。

"别跳舞了。"夏伟胡说,"回家歇息,爱干什么干什么，家里不缺钱，非要受那窝囊气。"

梅丽不说话，用碘酒涂抹着伤口。

夏伟胡开着车，时不时地从后视镜里看看梅丽。梅丽的头发散乱着，眼周不见一丝泪迹。

"还有吗？"梅丽开口。

"你是要创可贴吗？"夏伟胡问。

"不是。我是说幽灵船，数量有没有增加啊？"

夏伟胡思忖了一会儿。说实话，他也不知道。但是，这种情况下，他不愿意说实话，也不愿意撒谎。夕阳已然消失，天空铺着大半青金石的颜色。

"你想看看夜航船吗？那些幽灵船，只会在夜晚出现。"夏伟胡看着后视镜。

梅丽的动作小了。车内很静，夏伟胡听见了真皮细胞嘶嘶生长的声音。

从市区到堤岸，只要四十多分钟。这里靠着长江，有大片的江滩和芦苇。风吹来，芦苇倒伏了下去，月色非常轻柔。巨轮呜咽着驶过江面，从这边看去，它仿佛静止不动了似的。少有小船。偶尔越过几艘，随之又湮灭在滚滚的长江水中。

那是军人的船，那是律师的船。夏伟胡不厌其烦地解释着。这些幽灵船,只有一个方向——汇入大海,飘向日本。忽然之间,夏伟胡又觉得,幽灵船不过是一颗颗整装待发的精子,而日本半岛,就是那个迟钝庞大的卵子。在他母亲的岛屿上,一艘叫作"夏伟胡"的幽灵船登陆了。在老大的岛屿上,一艘叫他儿子名字的幽灵船登陆了。在老二的岛屿上,一艘叫他女儿名字的幽灵船登陆了。而梅丽这座岛屿,还没有被他征服。也许曾有过拓荒者,耕了会儿地,走了。这让夏伟胡平白地来气。

梅丽扶着江堤,风把她的丝巾吹得飞扬起来。是白色的,里面绞着金丝。乍眼看去,像是一条遨游的白龙鱼。夏伟胡有些难舍,他怕梅丽就此跳下堤岸,钻入水中,与岸上的人永世离别。他活到这个岁数了,怎样的女人没见过。老大是个朴实的女人,与他白手起家,一心为家庭、为孩子;老二是个浪漫至上的女人,喜欢他送的九百九十九朵玫瑰,也喜欢他的甜言蜜语;洗浴中心的都是些拜金的女人,抽出几张钞票,事情就办成了;夜店里的女孩,各有各的故事,你要是愿意当个酒水瓶,今晚她们就跟你走。只有这个梅丽,宛如江水深处的玉石,珍贵、稀有,却无法被叙述。

而此刻,江风追逐着梅丽的眼波,仿佛要努力勾起她过往的记忆。

"你想出海吗?"梅丽回过头,眼睛清明。

"出海?我们要到哪里去呢?"

梅丽冲着一望无际的夜空张开了怀抱。

"到星星上面去?"夏伟胡问。

梅丽没有回答他,只是跳起了小天鹅舞蹈。脚尖,手腕,腰肢,头颅。月辉披拂在她的身上,手是藕的,肩膀是琼脂的,纤细的锁骨里盛满了清酒。一瞬间,岁月起伏。一瞬间,光阴又流转。碎银。缄默。酣沉。赤裸。孤独。如光跃起,又黯然隐去。

看着看着,夏伟胡的手掌心炽热了起来。他有过许多女人,却从未有一个为他跳过舞。

"我们离开这里吧。"夏伟胡伸出手,穿过了梅丽的影子。

梅丽笑了。淡淡的笑容,似乎是脆弱而易碎的。她转了个圈,背对着他。月光洒在江面上,也给她镀了一圈银色的轮廓。

"你想问什么?问吧。"

到了最后,夏伟胡都没有问出口。有些话,说出口,就会碎掉。他脱下外套,披在了梅丽的身上,拨弄起梅丽的头发，又把绞金丝的白丝巾掖在了外套里面。梅丽想把手揣进兜里，夏伟胡捧了起来，朝她的左右手哈起了气。

梅丽没有抽出她的双手。

月亮在他们背后沉默着。

夏伟胡确认了，梅丽是有自己的手掌心的。她能在一只手掌上跳舞，那谁又能在她的手掌上跳舞呢？这个问题，梅丽也是不会回答的。可能没有人会回答，有些问题，就只能停留在问题这一步。夏伟胡坐在摇椅里，怅惘地看着窗外的云。今日可能会有夕阳，也可能会没有。云朵涌动，像极了世人匆匆而过的面容。夏伟胡感到了倦意。生命中，有那么几年，他是毫无倦意的。毕业，工作，创业，买房，卖房。到了如今这个年纪，难免觉得，年轻时所追求的，年老时却不以为意。青春曾有个多么辽阔的草原，我们却支起帐篷，让年少的我们，彼此不再相见。云涌来，又涌去。夏伟胡打起了瞌睡，却又被自己的鼾声惊醒。

有些事物正在消竭。

夏伟胡站起来，伸了个懒腰，把窗帘又拉开了一些。远处有个写字楼，灯明灯暗。楼下是咖啡厅，能缓解人们一天的疲倦。咖啡厅旁边，排着一圈整齐的橙色单车。人们刷了卡，骑着橙色的它走了。去哪里了呢？左边有个体育场，一群人跑着。右边是宽阔的马路，上面有大众，也有玛莎拉蒂。早些时候，夏伟胡也是想办一张市民卡的，他想骑着小橙车，丁零零地超越那些哼哧作响的玛莎拉蒂。

不过，人不能既驾驶着玛莎拉蒂，又骑着小橙车。夏伟胡的玛莎拉蒂是银白色的，就停在地下停车场。他只要按下车钥匙，不管离多远，银白色的玛莎拉蒂都会回他一声。他不知道它喊什么，也许是老夏，也许是伟胡，夏伟胡并不在意。就如同现在，他并不想看见写字楼、咖啡厅、体育场、玛莎拉蒂。他想看见一片蔚蓝阔大的海洋。海面上，一艘深褐色的幽灵船，亘古而安宁地漂流着。也许不止一艘。两艘，三艘，均可。云朵、太阳、大海、船只，这些遥远的画面，宛若夏伟胡眼前的斑斓，也宛若夏伟胡心底旷日持久的异响。

已近日暮。夏伟胡拨了几个电话，约了一桌酒友。

各自碰着杯。有茅台，有五粮液。有本地人，有外地人。有老板，有小妹。有秃顶的，有大肚子的。有推心置腹的，有泛泛而交的。他们构成了生活喧闹的那一部分。上了几道菜，菜名也没记得住。又喝了几杯酒。入口时，夏伟胡嚷着冷。老板让小妹温酒。小妹接来了一盆热水，老板推翻了盆子，把酒瓶揣进小妹的胸口，让她用自己加热。酒友们兴致高了起来，有抽烟的，有讲荤段子的。夏伟胡却独自喝着闷酒。

"怎么了你？"左手边的那个老板问。

夏伟胡不说话。老板招手，让小妹过来。小妹从胸口掏出五粮液，斟满。

夏伟胡没有喝，只是指着小妹说："你……你能跳个舞吗？"

小妹是跳了舞的。夏伟胡没有看完，趴在马桶边，吐了。

来代驾的是个小伙子。看到玛莎拉蒂，小伙子有些迟疑。夏伟胡把车钥匙塞到他手里说："开，尽量开，往前开。用你最大的能耐。出了事，算我的。"

小伙子还是开得小心翼翼，夏伟胡在后座嚷了起来："超车，我让你超车！连大众都超不过，你会不会开车啊？"小伙子唯唯诺诺的。夏伟胡攥紧了双拳，嘴里哼哧作响："噗，噗，我左手一个漂移，右手一个超速，噗——夏伟胡喊着，又泄了劲，垂坐在座位上。"

"你还爱她吗？"在一个十字路口，夏伟胡嘟囔了一声。

过了几秒，小伙子才意识到，他在和自己说话，便问："爱谁？"

"那个手掌上的女人。"夏伟胡说。

小伙子犹疑了会儿，松开了刹车。绿灯了。

夏伟胡舒活了下筋骨，倏地又瞪圆了眼睛。他可是看清楚了，开他车的人，是一个男人，一个他不认识的男人。一个不认识的男人，就会去操房看梅丽跳舞。一个不认识的男人，就会独自坐在砺学池旁，看着照亮梅丽脸庞的夕阳落下。夏伟胡感到了屈辱，仿佛这个男人不是开着他夏伟胡的车，而是驾驶着他的人生。

"你和梅丽什么关系？"夏伟胡抓着小伙子的肩膀，来回摇晃着。玛莎拉蒂打了个旋儿，又被小伙子的一股蛮力稳住了。周围的车辆按起了喇叭。嘀嘀声中，夏伟胡倒有些平静了。

小伙子依旧小心翼翼地开着玛莎拉蒂。

"你会开船吗？"夏伟胡的声音又响起。

小伙子看了一眼后视镜，夏伟胡的面容认真而镇静。

"开船？我没学过。在老家时，我撑过小船。"小伙子说。

"那就够了。走，你和我去开船。"

"老板，你确定？"小伙子有些惊讶，但很快又恢复了严肃的面孔。代驾代驾，就是给喝了酒的人开车。人一喝醉了酒，各种话都会说出口。

"你别以为我在胡说。"夏伟胡说，"走，我们下海去。"

小伙子没有回答他。

"你知道大海有多大吗？它比这条马路还要宽，比那边的跑道还要长，海浪一举起来，比这座城市最高的楼房还要高，你难道不想去看看吗？我们会坐着小船，到韩国去，到日本去，到地球那一端的美国去。你听，哗啦啦，哗啦啦，狂风卷起巨浪，旋涡直达地心，哗哗哗，我们被卷上了天，哗哗哗，我们又被抛了下来……"

小伙子并没有多收夏伟胡一分钱。到了别墅后，他还架着夏伟胡疲软的身躯，敲开了门。梅丽婷婷约约地站着，接过了这堆肉。小伙子有些担心，如果她就是那个手掌上的女人，这个老板会把她压垮的。但是，梅丽托着夏伟胡的身体，还冲他歉意地笑着。小伙子摇了摇头，转身走了。他觉得这个老板说的话也有点对，就像那些游戏一样，一个真正的男人，也需要一片宽阔的大海。

夏伟胡在水中清醒了。然而这并不是他的海，而是他家的浴缸。梅丽把他剥光了，扔在浴缸里，注满了温热的洗澡水。热水包裹着他的身体，他甚至感觉漂浮了起来。他兴奋地拍出了水花，水珠抛向天空，又落了下来。他屏住呼吸，把脑袋沉入了水里。咕嘟两声，他听见了不同于往日的声音。梅丽下楼梯的脚步声，仿佛一摞纸张掉在了地面上。梅丽打开冰箱的声音，仿佛清风拂过灌木丛。梅丽喝水的声音，仿佛一叶木舟搁浅在了沙滩上，海水寂寞地拍打着。夏伟胡在水下憋不住笑，结果呛了几口水，忽地钻出了水面。梅丽把水杯放下了。他又把自己埋了下去。放松身体，放松情绪。渐渐地，他的手掌浮了上来，随着水流的波动摇曳着。它像什么呢？夏伟胡散乱地想着。手掌漂过来，又漂过去。

"对，像一艘船。"夏伟胡对自己说。

他猛地又惊醒。截至今日，日本海岸已经找到九十五艘幽灵船，根据大洋环流，初步推算为从朝鲜半岛方向漂来……目前，日方海岸已经全面戒严，多方面封锁，以应对这场诡异又未知的危机。

他也会变成白骨的。

军人、学生、渔民、律师，众多的白骨中，也包括了他。

"梅丽,梅丽!"他感到惊慌失措。瞬间,他手脚乱舞,一个打滑,又没入水中,哗的一声,他坐了起来,水珠哗啦啦往下落,他大口大口地喘气。他会老的,他会中风的,他会有高血压、心脏病、脑血栓、糖尿病的。他会逐渐萎缩,直至露出白骨。这一切,都发生在不久的将来。气息平稳了,他深吸了一口气,随后喊起他的第三任老婆。

"怎么了?"梅丽站在门旁,腰肢纤细,眼眉平静。

"我不去日本了,我也不去韩国和美国了。"夏伟胡说。

"嗯。你是没有去。"梅丽走了过来,打开了花洒。

花洒喷涌出调试好的温水,夏伟胡却感到战栗。

夏伟胡又开始去金晨中学喂金鱼。那个男人依然坐在那里,一动不动。夏伟胡想,他可以去和他打个招呼,男人却一副看不见他的模样。夏伟胡喂完了金鱼,靠着扶手,陪男人一起看着夕阳。他之前从未觉得面前这个燃烧的巨大的红色星球,是如此脆弱。人只要一闭眼,太阳就没了。人只要一死,太阳也没了存在的意义。他稍微能理解那个男人的想法了。为了让太阳继续存在,我们要去医院扎针。路女士手法娴熟,会让我们在漫长而短暂的一生中,少受一些折磨，少受一些痛苦。

男人走后，夏伟胡去了操房。他还是想看梅丽跳舞。我们活在世上，能看几次在一只手掌上的舞蹈呢？

校长也在那里。他静静地坐在门口的木凳上。

梅丽旋转着，旋转着。操房四面都是镜子，照出了四个校长，也旋转出了无数个梅丽。

校长可能也看到了夏伟胡，但他没有起身，也没有说一句话，只是继续看着梅丽旋转。湿润的舞衣，丝缎的鞋带，还有白色的乳罩。夏伟胡想，也许，校长看的是其他的东西。

梅丽没有停下。四面镜子中的她，雄壮、喷发、汹涌，仿佛跨越山海，仿佛奔向自由，仿佛孤筏过重洋，仿佛热烈、深情而庄重地表达着对一些遥远事物的倾慕。

"真的是一只手掌啊。"校长自言自语。

夏伟胡默默应着，走到校长身边，坐下。

梅丽依然跳着。窗外已垂暮，袅袅一丝金光，在梅丽的眼眸里斑斓着，跳跃着，肆虐着。

校长啜吸着鼻子。夏伟胡用余光看见，他正在揩眼泪，说："她曾经也跳过。"

夏伟胡没有问她是谁。

他们就坐着，维持着彼此之间透明的默契。

有些东西，梅丽不想和他谈论。确实，梅丽什么也不想和他谈。除了每天吃什么，还有要不要关灯。夏伟胡依然看着报纸。念到那些不可思议的报道，他还是会下意识地看一看梅丽。梅丽还在。梅丽会永远在的，只要她还可以旋转。夏伟胡对自己说。

梅丽将那个书柜第三层抽屉里的药瓶放在了床头柜上。夏伟胡觉得没什么不妥。瓶子还不错，细腻、均匀、洁净，宛如梅丽一般。

"我觉得不是九十五艘。"一天，关了灯之后，梅丽冒出了这句话。

"你是说那些船吗？"

"嗯。不可能只有九十五艘。有可能是一百二十八艘，两百七十六艘。"梅丽说。

"你是怎么知道的？"夏伟胡问。

"撒谎。大家都在撒谎。报纸、媒体、明星、官员，他们都在撒谎。巨大的谎言。冰冷的谎言。瞒天过海的谎言。你们在撒谎，我也在撒谎。"

结婚以来，梅丽从没和他说这么多话。夏伟胡把她抱在怀里,她是那么瘦小,盈盈的,宛如一把骨头。夏伟胡搂紧了她。梅丽蜷缩了起来。他感觉,他似乎要触摸到那个不存在的手掌了。梅丽却推开了他的胳膊,侧倒在床的另一边了。

窗外,霓虹照亮了夜空。是有过星空的,那也是过去的事了。也许,他们身处无边无垠的大海,便能看见那个曾经的星空。夏伟胡也蜷缩了起来。这是一个出发的夜晚,他决定要去到海的另一头。那边有什么呢?也许有和我们长得一模一样的人类,也许有七种色彩的熊猫。这些都可以被我们看见。夏伟胡想起了那颗卵子,还有那些不断出发的精子。也许,会有一个抵达。也许,那只是一个梦,只是遥远的彼岸。

夏伟胡翻了个身,两个人背对着。月辉照入房间。他们宛如两艘各自分开的幽灵船,漂浮在饥饿的大海上。

大象课程

我在
我缺席的
旷野。
总是
这样的情形。
无论置身于何处
我都是那个正在错失的我。

当我走动
分开空气
总是它
涌进
填补

我身后留下的空隙。

我们都有移动的
理由。
我移动
是为了保持事物的完整。

背诵马克·斯特兰德的这首诗时,我正努力把谭利兰的头发整整齐齐地排列好。她侧了个身。我沮丧地发现,你不能安排妥当生活中的所有事。比如我们彼此再也没讨论过那次的魔术表演,去年三月的那次。那场表演很差劲。小丑的妆容很滑稽,不是那种让人笑的滑稽,而是一种让人起疑的滑稽。或许他不是小丑,他只是杀掉小丑并取代其位置的一个人。这让人感到不安,似乎有什么事没法阻止了。我身边的谭利兰不这么认为。她说那个小丑演得很好。就如一位哲人所说,好东西总让人稍稍不安。我不想和她争执。狗熊跳火圈时,碰到了火,它立马在舞台上来回滚动,嚎叫起来。驯兽员有些懊恼,也有些恐惧,他拍打着手,试图再次控制狗熊。狗熊却冲着观众张开了大嘴。孩子们吓哭了。一个男孩举起了水枪,朝狗熊射去。

偶尔失眠时，我会想起那头狗熊，生活中还有什么比它更糟糕的呢？而我还找不到那个人杀小丑的理由。没把握的事，我不想和谭利兰谈。如果我到北京去，我会发短信给她。她要是来南京，也会发短信给我。我们吃个饭，看场电影或演出，然后找一家酒店。这件事已经持续两年多了。如果你能坚持一件事两年，你会发现其他事也会顺利许多。某一次，在韦思黎酒店里，谭利兰说，那个小丑是她见过的最好的小丑，我没有回答她。后来她睡着了，任由柔软的头发散开在床褥上。

谭利兰不喜欢和我谈她的家事。我知道她有一个女儿，还有一水缸的金鱼。如果她一个人在家，她会将自己的双脚泡在鱼缸里，这样会让她感觉好一点。不过，我们住过的酒店，还真就没有带鱼缸的。这不要紧，我也不喜欢和她谈论我的家事。我家门是蓝色的，那种荧光蓝。这让街道上的人，一眼就能看见我家。我不喜欢这样。但如果把荧光蓝换成荧光绿，那也没什么区别。我的妻子就喜欢荧光色，喜欢所有和小孩有关的东西。她给隔壁家的小孩买了好几件衣衫，其中的两件，一直晾在邻居家的阳台上。几个月了，像招魂的旗幡。

谭利兰这次来南京，是来参加一场葬礼，她希望我陪她去。我说被人认出来不好，她却执意要我去，以一个粉丝的身份缅怀逝者。没错，这位去世的人是一名演员。20世纪，他参演过《雷雨》，在里面扮演周朴园。但那个版本并没有引起多大的反响，他也没有什么名气。后来他还演过不少戏，人们看了也忘了。谭利兰一直记得他。如今他去世了，送一送也是应该的。

我关上了荧光蓝的门。说实话，我不太放心她一个人在家里。不是担心她，而是担心我的宝贝们。黄家驹的专辑、姚明签名的篮球、香港老鬼片碟片之类的，这些都是我的心头宝。我想她会把它们弄坏的。当然，只有我一个人会这么认为。他们都以为我是一个好丈夫，不离不弃。这句话有部分是正确的，我无法否认。从某种程度上说，我确实是个好丈夫。我确实不离不弃，特别是对于比爱情更加剧烈的对激情的迷恋。

车窗外闪过一张张形状不一的脸。我相信它们是一本书，你停在某一页，你看到的就是某一页的情节。谭利兰特别喜欢强调"戏剧性"，她认为，戏剧性最考验一个演员的爆发力，当人物、主题、情绪、冲突全都聚集为一个情绪浓烈的奇点，它就会爆发成一个新的宇宙。她和我谈论过很多次,芭芭拉的最新角色啊,强尼·凯奇的经典作啊,这些都使她感到兴奋。有时她还会演上两段,冷血寡妇、海盗船长。我说强尼·凯奇后面的影片都不值得称道。她说,新宇宙爆发之后,总需要有一段冷却时间的。我默默点头。我物理不是特别好。

谭利兰并没有直接带我去墓地,现在也不是时候。她带我来到了市第二附属医院,这里住着南京的绝大部分精神病人。我不知道她带我来想干什么,但很快我就明白了,那个去世的演员,在这里度过了他的晚年。

医生带我们来到了一个女人面前。这个女人的半边脸被毁容了,应该是被泼了硫酸之类的腐蚀性液体。女人盯着我们看了许久问:"莫馥成?"

没错,我们就是为了老演员莫馥成来的。莫馥成这个名字,我认为并不怎么好,这不是一个中国化的名字,也不够洋气。不过,谭利兰告诉我,他的名字是由三个著名演员的名字构成的。我无心猜那三个演员是谁,毕竟一个人只要受到崇拜,他的名字就有了别的意义。我将谭利兰带来的补品挪了挪,坐在了接待室的软椅上。我现在坐在哪里不重要,我以后躺在哪里才重要。想到这,我就盯着那个女人看。我在想,她躺下的时候,是不是侧着毁容的那一边睡。

女人告诉我们，她是从长江那边过来的，具体在哪一边，她不是太清楚。童年时，他们都叫她赵梦蝶。在一个风雨交加的夜晚，他们一家睡着了，赵梦蝶梦见自己涉过了长江，到了一个屋檐长着翅膀的城市生活。醒来时，她果然到了这里。过了些许年，她才得知，她母亲去了北方，靠卖瓷娃娃维生。那种瓷娃娃很好看，圆肩膀，细长腿。她父亲去了广州，把自己吃成了一个胖子。她并没有怨怼这种生活，这可能是某种神谕，她说。

赵梦蝶并没有和我们谈莫馥成的事。她吃起了我们带来的葡萄。

我咳嗽了一声。赵梦蝶又开始剥起了橘子。还没到橘子上市的季节，但谭利兰说，她会喜欢吃的。她剥开两瓣放进嘴里，那半边嘴因为咀嚼变得齿肉分离。我瞥了一眼谭利兰，她似乎很平静，就像看一场出神入化的演出一样。

"你要和我们一起去吗？"谭利兰问赵梦蝶。

"这不是要不要，而是能不能。"赵梦蝶嗅了嗅橘子皮，将它压在了床褥下面。

"那你想吗？"

赵梦蝶没吭声。她将吐出来的葡萄皮又塞回嘴里。我知道,那滋味不好受。先是纤维的阻滞感,然后压缩变形,流出苦涩的汁水,最后变成一团带点葡萄味的口香糖般的东西。她不会吐出来的,我敢和谭利兰打赌。但这个时刻,我不想把我的赌注说出口。都是些我自认为重要的东西。可能在谭利兰看来,还是狗熊钻火圈让她兴趣多一些。

"莫馥成有对你说过什么没?"

"他和我说过大象的事。"

"大象?什么大象?"

赵梦蝶又剥开一个橘子。这个橘子可能比前面的多出两瓣,看得出赵梦蝶对此并不满意。她将多出的两瓣塞进嘴里,橘子体也随之散架。看着散成两半的橘子,我有些走神。我想了解宇宙的初始状态,以及人去世之后会去向哪里。

"就是人和大象之间的一种状态。"这是他和我说的原话。赵梦蝶咬住一半的橘子,橙色的汁水顺着她的嘴角流了出来。

谭利兰沉默了一会儿后说:"莫老师是个好老师。"

赵梦蝶咧开了大嘴,她的嘴唇瞬间翻了过来:"这话我没说。"

"赵老师，非常感谢您对莫老师的帮助，请问有什么需要我们帮忙的吗？"

"我需要一把扇子。一把贝壳骨、雀翎边的雕花木制扇子。"赵梦蝶说。

"你要扇子做什么？"谭利兰问。

"回家。回到原来的地方。"赵梦蝶将这块橘子皮挂在了灯罩上。

"你还真是喜欢橘子。"我说。

"嘘——"赵梦蝶将食指放在了嘴唇上，"它们在说话。它们很疼。它们想蜷缩起来。它们想上厕所。当然这是人之常情——对，你永远没法避免你想不到的事情的发生。"

我没想到，谭利兰真的带我去找那把扇子。她说，这可能不仅仅是一把扇子，更可能是某些更重要的东西。我说我猜不到那是什么。她说，你记得法国影片《山影难觅》吗？强尼·凯奇在里面走了好久，都没走到那座山脚下。其间发生了很多故事，有直立行走的猴子，有永远用一只手吃饭的男人，有拥有一百顶帽子的女人，有专门走私粉红猩猩的商人，还有在草原上游泳的年轻人。强尼·凯奇——感谢了他们,他们构成了他生命里的某个阶段。这个阶段,可能比其他的任何阶段都重要,虽然他没有如愿走到山脚下。她问我能明白吗?

我们之间有共同点。比如谭利兰说上一句,我就能回答下一句。她点菜时,也能猜出我那天想吃什么。我们彼此心照不宣,这是我们能保持两年联络的关键。偶尔天气好,我也会拍点云朵的照片,给她发过去。她不像其他的中年女人一般,早已对天空失去了兴趣。她会将云朵描出其他形状,一头熊,一个人的侧影,一只鳄鱼。多数时候,我们想的一样。这是个难能可贵的品质——有人能偶然间和你的神经突触连在一起。

> 我在
> 我缺席的
> 旷野。
> 总是
> 这样的情形。

对,就是这个意思。我们都有广阔的草野,也许有羊群,也许没有,这并不重要。我会缺席于此,羊群更是如此。谭利兰善于描述我的羊群。一头熊般的，一个人侧影般的，一只鳄鱼形状的。它们在变幻，也在呼喊。这如这首诗的作者马克·斯特兰德一样，他既在爱德华王子岛，又在美国，南美，或者其他什么地方。而我既在旷野里，同时又不在。谭利兰能理解我的状态，她一直能理解，也一直在理解。

"你想看芭芭拉的新片吗？"我问谭利兰，"就是那个《完美冒险》。"

"噢，这是什么鬼名字！"谭利兰用手捂住了脸，"我记得它的英文名是《A Terrible Day》，直译过来就是《糟糕的一天》，哪怕用这个名字，都比什么《完美冒险》强。"

我也这么觉得。不过我看过简介，应该是个还不错的片子。讲的是一个中年女人一天内失去所有，又赢得另外的一切的故事。说实话，我还是挺期待的。嗯，我在想，有些片子得找不同人看。那种哄闹解压的喜剧，就该和饭友一起看；那种文艺压抑的片子，就得一个人好好琢磨；那种大场面、大制作的影片，得买几桶爆米花，约上朋友一家一起看。不过，这不是什么教科书式的条例，任何因素都能将其改变。

谭利兰问我："你知道莫老师的大象吗？"

这个我不了解。我倒是想起一些他的访谈。他说，电影就是房间里的一头大象，好的观众，得对它视而不见，安之若素。好的演员，得和这头大象发生一些关系，比如骑着它，拍它的脊背，给它清洗象牙什么的。这些访谈很有趣。

"你一直这么关注莫老师吗？"

"有演员，就会有粉丝咯。"谭利兰耸耸肩，"我觉得你刚才说的芭芭拉新片《完美冒险》还不错。你想看吗？我说的是今晚。"

我们还是找到了那把贝壳骨、雀翎边的木制扇子。从小商品市场上拿起它时，我就知道这是赵梦蝶需要的那个东西。这是种奇妙的感觉，就像你找到了你母亲小时候的洋娃娃一般。与以前不同的是，洋娃娃变黑了，也懂事了许多。

"没错，就是它。"赵梦蝶抚摸着这把扇子，"我昨天已经梦见过它了，我记得它的样子。"

"你要这把扇子做什么？"我问。

"你们喜欢看演出吗？今天下午是我们为即将到来的

中秋举行的病友联欢会。我想你们之中会有人喜欢的。"

谭利兰说,莫馥成在这里度过了十余年的时光,肯定还有其他病人认识他,我们要抓住这样的机会。我赞成她的想法,虽然相较于莫馥成这个人,我对他说的大象更感兴趣。我一直觉得我身体里也住着一头大象,我想听听这些精神病患者怎么说。

演出在病院的食堂里举行。患多动症、躁郁症、精神分裂症、妄想症、癔症等等的病号,都齐刷刷地坐在台下,等着护士长一声令下,才能吃桌上的小零食。小零食不多,无非就是瓜子、山楂片之类的东西,但我知道,这些东西很难到达病人的手上。我曾经亲耳听过,有精神病人用干咽杏仁核、瓜子壳割腕、只吃山楂片破坏自身酸碱平衡等方式自杀的。所有你想不到的事,都有发生的可能。

刚开始是抑郁科的病人们唱歌跳舞。护士长说,运动能有效地减缓抑郁症给他们带来的痛苦。我认真地听,有几个人唱得还不错。很难想象,他们几天前还尝试过自杀。一对双胞胎姐妹花开始对唱。她们还真像,要是其中一个当了演员,另外一个也要保持身材,练习演技,防止人们忘记了她们的面容。接下来是妄想症科的病人们诗朗诵。护士长说,妄想症的病人们都挺喜欢莎士比亚的,但他们普遍认为，莎士比亚是被人溺死的。有人好奇地探究过这件事。后来发现，他们的世界里，牛顿是噎死的，博尔赫斯去了另一个空间，而乔布斯患了一种血液丧失凝聚力的怪病，最后死于擦伤。我能看出，中间的那个青年人特别爱莎翁。后面是精神分裂科的病人们演话剧，是《雷雨》的一个片段。演繁漪的那个女病人很漂亮。我们就静静地坐在台下。谭利兰说他们对于《雷雨》的理解还是浅薄了一些，但不怪他们。

最后压轴的是一场魔术。护士长说，这场魔术汇集了病院里的所有能工巧匠，有的会做皮鞋，有的会唱歌剧。说实话，我们都有些累了。谭利兰不停地看时间，我咽下一口水，偷瞄着她的手机。我不确定赵梦蝶会不会来，可能她是幕后，做些搬运调剂的工作，也有可能她是副导演，她有那个能耐。

魔术师从箱子里变出一个癔症患者之后，一个妄想症患者的衣袖里钻出了几只鸽子，一个躁郁症患者学会了喷火。病号们都屏声静气地看着，没有人发出声响。护士长似乎很满意。

最后上场的是赵梦蝶。她款步走来，用我们给她的木制扇子遮住了毁容的半边脸，也许是出于舞台效果考虑。

护士长说过,对于精神病患者,任何视觉、听觉、触觉、味觉上的刺激,都会导致他们病发。

"大家好!"赵梦蝶扬起手,向大家打招呼,"欢迎大家来到我的小屋,我就是你们最亲爱的、最热爱的、最可爱的莉莉莲·戴娜·菲比。对,没错,你们可以叫我莉莉莲,也可以叫我戴娜,叫菲比我也会答应。要是谁叫错了名字,那我们只有错过的份了。"

音乐声响起。赵梦蝶扭动腰肢,慢慢移开了她的扇子。

我屏住了呼吸,扇子后面的,是与赵梦蝶另一半脸完全对称的面容。

这场魔术完美无缺。我甚至觉得,赵梦蝶并没有毁容,她只是以此作为借口,抵挡岁月流逝带来的倦怠,并换取后半生长足的安逸。这是一种高明的做法,在一件事发生之前,先实现它,你就会发现之后的一切都轻松了许多。

赵梦蝶扔掉扇子,跳起了舞。她身着旗袍,一只尾翼硕大的凤凰爬上了她的身躯。

"你敢相信吗?"我问身边的谭利兰。

她耸耸肩膀:"回家是件值得开心的事。"

离开精神病院后,我们出发去墓地。我不知道来致悼的人有多少，有哪些。或许是莫馥成常年光顾的小饭馆的老板娘，或许是曾经给他家做保洁的阿姨，或许是和他有过一面之缘的路人。葬礼给了他们一个能说服自己的理由：我们去参加一场派对，而且无须打扫残局。

墓地在南京栖霞山附近。早些年，我经常来这里观赏红叶。后来叶子落了，又长出了绿色的。我不知道谭利兰怎么看待这件事。叶子红了绿，绿了又红，而人只有变老。

> 当我走动
> 分开空气
> 总是它
> 涌进
> 填补
> 我身后留下的空隙。

我不知道谭利兰有没有听见我背的诗。当我们结束时，会有人刚刚开始。就像你早晨醒来，看见阳台上的阳光，会有另一个地方的人，伴着星光渐次入睡，这是无可避免的事。其实，我开口说话，似乎只是怕谭利兰看出我的恐惧。这里适合露天演出。到了黑夜，人坐在山脚下，放映机投影到山体上，山就是银幕，而观众也是演员之一，这会带来技术的新进程。

"确实。"谭利兰说了两个字，再不说话了。我知道她的心情：去见一个人的最后一面。当然，人这一辈子，有些人只会见一面，第一面是最后一面，最后一面也可以是第一面。就像我们在水中沉没，会有与你体积一般的水流从你戳出的窟窿里被挤出。

莫馥成的葬礼没有那么隆重，也没有那么寒酸。几个年轻女孩整理了花圈，几个中年男子烧了纸。剩下的几个，哭了一会儿。谭利兰送上了一束鲜花。看着她的背影，我突然很想和莫馥成这个人谈谈心，有关大象的魔术。我在很多地方都见过大象，比如动物园，生态景区等。大象其实是一种不能具体形容的动物，它的一个脚印，或者一坨粪便，都能让你意识到它的存在。一旦将它确定下来，大象的轮廓会变得更加模糊。

"这里埋葬着优秀演员莫馥成，"我低吟着，"也埋葬着一头没有形状的大象。"

谭利兰站了起来。她的秀发披拂在肩头，风扬起。她有一副好看的锁骨，还有圆润的脖颈。我看着她的侧影，突然意识到自己是谁。我们不是朋友,也不是夫妻,我们只是被浩瀚人流挤到一起的两个孤独的人,这让我对谭利兰充满了怜惜。如果她现在让我躺在墓坑里,和莫老师谈上几句,我保不准还是乐意的。我闭上眼,感受青草味的气流钻入我身体的痒意。忧伤。忧伤会让人打开毛孔,忧伤也会让人力竭而死。

他真是个好演员。每个路过我的人,几乎都会说这句话。看来,莫馥成确实是个好演员。他的一生中,曾短暂地拥有过谭利兰,比如演出《雷雨》的那两个小时。他还短暂地拥有过来这里哀悼的大部分人。就连我,也在他关闭墓室门之前,得到了他热烈、真诚又湿润的拥抱。

"你认为《雷雨》是悲剧吗?"谭利兰问我。

"当然,大家都这么说。"

"里面最大的悲剧人物是谁?"

我想了一会儿:"我倾向于周萍与繁漪,他们是被禁锢的人。"

"不,"谭利兰说,"我认为是周朴园。"

"为什么?"

谭利看着工作人员合上了石盖。轰隆两声。

"理由很简单,因为他活下来了。"谭利兰又自言自语,"也好,如今他死了,获得了平静。"

我看着风吹动献祭的黄色菊花。一瓣,一瓣,又一瓣。我很想描绘我心里在想些什么,但眼前的一切太清晰了,我没法同时看到它们之外的东西。谭利兰蹲下身子,捡起了不知从何处滚来的饮料瓶,瓶子里的橙色液体晃荡了几下。我们站在彼此身边,各自沉默着。

我们还是决定去看《完美冒险》。我相信,芭芭拉不会让我们失望的。她有一头金色的头发,金色头发的女人不会骗人,我和谭利兰打趣。谭利兰打开包中的随身镜,涂起了口红。

"橘色的更好看。"我对谭利兰说。

谭利兰在红棕色上面叠加了橘红色。一瞬间,我恍惚觉得,我们的白日是相互抵消,夜晚又是相互叠加。没人能讲清楚自己在夜里经历的到底是什么。是酒精吗,还是睡眠?似乎这些都有一定的道理。一晚覆盖一晚,就像潮水舔舐沙滩,白色的床单皱缩又被抚平。

影院表示,今日的票已经出售一空,麻烦我们明日再来。

我们坐在影院门前的台阶上,谭利兰从包里抽出了香烟。烟头上，有红棕色加橘红色的唇印。我从她的烟盒里抽出一支。如果就在这里坐上一晚，那也无可无不可。

烟雾在我们周围弥漫开来，夜空远处有隐约的北斗星。这边一颗，那边一颗，我们在北斗星的哪个方位？我陷入了沉思。我想起了那个被谋杀，又被取代的小丑。他现在正躺在草丛之间，仰面看着北斗星呢。我们的状态、姿势、角度各有不同。

"莫馥成老师的大象理论是怎么回事？我想听听。"我说。

"真正的好演员，是用身体托起大象，把它交到观众的手里。"谭利兰说。

我没说话，将烟头在台阶上捻熄。

"你还想不想看芭芭拉的《完美冒险》？"我问。

谭利兰转过头看着我。

"我知道小路。"我说。

我们避开了售票员的眼目，走了一段鹅卵石小道，拐弯到了影院的后面。后门的插销常年松动，我用身体撞开了它。里面一片黑暗，两边是门房紧闭的房间，走廊里也没有灯。我拉着谭利兰的手，带她走上楼梯。她的呼吸声急促，像揣着什么东西走路似的。又绕了几个弯，我们推开门,看到了银幕的背后,一张巨大的、白色半透明的布。

"就这玩意让全世界的人为之痴迷?"谭利兰有些不屑。

"撩开它,找个座位。"我说。

谭利兰没动,直到银幕上和我们反方向的芭芭拉吃掉了一个草莓馅饼,她才愿意和我走下台。台下一片黑暗,我不知道有多少人看见了我们,或许是全部。里面可能有我妻子的同学、我同事的爱人、我邻居的侄子。只要有任何一个,我就会感到羞愧,同时又如释重负。

芭芭拉演得很精彩,电影情节也无可挑剔,但我总觉得乏味。是的,需要味重一点的东西。我凑过身去,问谭利兰去不去吃夜宵。

谭利兰没说去,也没说不去。如果我们去吃夜宵,到了宾馆,可能抱着枕头就睡过去了,我再也没法将谭利兰的头发分成四等份,或者八等份了。

"你知道人的每一天都是一个个不同的魔术吗?"散场时,谭利兰问我。

我不禁想起了去年三月的那场魔术表演。小丑被人替换了。狗熊变得暴躁。驯兽员担心着今天的门票钱。孩子们哭鼻子。只有一个男孩拿出了水枪,表示了对那个晚上的抗议。不得不说，那是个糟糕的夜晚。但我们依旧还在一起，这不就是魔术的意义吗？

"我认可你的说法。"我说。

白日改变了世界，黑夜又将其慢慢归位。到了另一个白日，我们又开始涂改见到的一切。这真是让我们学会闭嘴的好办法。

"你这个修辞用得很好。"

"你想找个酒店吗，还是就在这里吹吹风？"

"你要去长江边看看吗？"

那个晚上，我们抽光了谭利兰包里的所有烟。夜空上闪烁着星星，而我还是找不到那个人杀小丑的理由。我仰起头，学着狗熊大叫了一声，并没有什么回音。街道上走着一群青年人，其中两个已经不省人事。没人能讲清楚自己在夜里经历的到底是什么。酒精。很大一部分是酒精。酒精让人放松，也让人尝到了时间飞逝的滋味。我想和谭利兰交流一下今晚的感受，她却一手夹着烟，一手托着腮，眯着眼思考着。对，思考。我不喜欢这个词语，尤其用在女人身上，这是一场灾难。而对于一个男人，灾难无处不在。

无论置身于何处

我都是那个正在错失的我。

我不知道谭利兰如何看待我短暂的沉默，我只是在思考我背的这首诗。对。思考。我不喜欢这个词语。无论今晚还是明晚，我都不喜欢。

"你知道有个关于最好的演员的典故吗？"谭利兰问我。

"那是什么？"

"在法国的一个剧场，一个演员演了一个混蛋，演得很好。而台下的观众，都误以为是真实的。他们中的一个，掏出手枪，将那个演混蛋的演员打死了，随即自己也吞枪自杀。后来，他们俩被葬在了一起，墓志铭上是同一句话：这里埋葬着最好的演员和最好的观众。"

"这真是件令人遗憾的事，"我说，"我也想看看那场以假乱真的戏剧。"

"不存在真假，"谭利兰掸落烟灰，"任何事，都不存在真假。它们都发生过了。"

谭利兰第二天一早就走了，我没有去送她。家里被我的妻子弄得一团乱。黄家驹的专辑散落一地，姚明签名的篮球漏了气，香港老鬼片被掰碎了。我并没有生气。我知道她恨它们，当年，她流产之后，我在家里弄了些东西，比如会飘动的白衣服、若隐若现的哭声、镜子上偶尔出现的红字，而那些老鬼片，我已经给她放了无数遍了。她变得疯癫，不可理喻。但无论她怎么做，我都知道孩子不是我的。也许那个人比我高，也许比我有钱，也许还不止一个，那都无所谓了。如果这都是真的，那她确实也是个擅长扮演疯女人的好演员，用精湛的演技掩饰自己的愧疚与悔意。

谭利兰消失在我生命里的某一天，我照常关闭荧光蓝的大门，出门上班去。走着走着，我又念起了那首诗。

我们都有移动的
理由。
我移动
是为了保持事物的完整。

念着念着，我在街道上倒退起来。退出地铁口，退出马路，退出小区，退出大门，退出卧室，一直退到我母亲的子宫里。在那里面，我像一条鱼缸里的金鱼一样。如果，我是说如果，我能从这个地方出去的话，我会送给谭利兰一打金鱼。但是不可能了，我们再也不会见面了。为了保持事物的完整，这是我出生前就已经确定好的一件事。

美国熊猫

继续在陵大读研,是凌霄的第二个打算。至于第一个,凌霄不提,也没人知道。她的导师还是夏瑾。夏瑾今年四十有余了,他没有结婚,也没有女友。一年中,总有那么些时候,女学生会跑到他家楼下大喊:"夏老师!快下来!"惹得邻居艳羡不已。他们哪里知道,夏瑾没有手机。要找到他,除了飞鸽就是活捉。

有一天,凌霄在图书馆前面的河道旁,遇见了夏瑾。夏瑾专心地看着河水,凌霄问他看什么呢,夏瑾指着河中的黑翅白鹅说:"熊猫,我在看熊猫。"凌霄看去,这只白鹅的喙是黑色的,翅膀也是黑色的。她摇摇头,对他说:"夏老师,这是鹅。"夏瑾摇摇头,问凌霄:"你见过熊猫吗?"

没见过熊猫的人多着呢,凌霄恰巧就是其中一个,这没什么好羞耻的。就比如，你从来没吃过甜甜圈，而甜甜圈总会在某个节点等你。可能是在二十二岁的生日派对，游乐场拐角的甜品店里。甜甜圈会以各种形式来到你的身边，大熊猫也是。回到宿舍，凌霄冲着镜子里的自己点头，谁会看到她曾看到过的熊猫呢？也许是四川人，也许是一起旅行的毕业生，也许是金发碧眼的美国女孩。看过一次熊猫的人，有百分之七十二的可能，会再次见到那头熊猫。凌霄知道的，她见过那只鹅几百次了，谁也保不准它不是一只熊猫。

凌霄没有去吃她假想中的甜甜圈。有时候，甜甜圈一旦被吃掉了，就不甜了。所以大熊猫将巧克力甜甜圈挂在了眼睛上、胳膊上、脚腕上。凌霄怀疑，哪一天，熊猫会吃掉自己的手和脚，毕竟没有人能抵挡巧克力的诱惑。凌霄与镜子里的自己道别，以后，她会出现在别的镜子里。这个镜子里的自己，和那个镜子里的自己，是不是同一个人呢？凌霄没法把握这个问题。也许她早就和镜子里的自己互换肉身了，只是灵魂还未察觉。

熊猫台灯还在桌子上。按住它的肚脐眼，灯光会从它的眼睛里投射出来，这是凌霄的朋友彭雀送给她的。后来，彭雀去美国留学了，熊猫台灯也坏了。凌霄没有扔掉它，也许，彭雀回国了，台灯会再次将自己点亮。凌霄一直将它放在那里，它曾照亮了这间屋子的某个地方，将来还会继续照亮。

在陵大，总有那么一部分人，对熊猫很痴迷。有一阵子，凌霄能见到熊猫狗，它的脚和耳朵都被染黑了，眼瞳也黑得出奇。凌霄在包里备好了火腿肠，然而，熊猫狗从出现到消失，都没能吃上一口。陵大小百合上说，它被人收养了。后来又说，它跑到体育学院学健美了。最后说，熊猫狗被不良商贩逮走了，要么成了里脊肉，要么成了羊肉串。

凌霄在校园里寻觅了半个月，线索全都指向了门口的烧烤店。她是有那么一点愤怒的，毕竟熊猫是国宝。哪怕是个假冒的熊猫，那也算是个校宝。不过，小百合上的帖子热度很快就过去了。选课攻略、打分黑幕、辅导员和学生的爱情故事被刷上来了，没有人再去关心羊肉串的前世今生。凌霄还是那样，一个人坐在自习室里，看会儿书，偶尔又打会儿盹。每次困倦时，她总期待能梦见熊猫。她的熊猫是什么模样呢？三角形的，嫩黄色的，长着一双翅膀的。凌霄对自己的想法有些困惑，如果真是三角形的，嫩黄色的，长着一双翅膀的，她还能认出它是熊猫吗？如果我们已经默认，熊猫是黑白的，圆滚滚的，那遇到完全不同的它，我们应该称它为什么？它还会被热烈而真挚地爱着吗？

凌霄还是会去河边看那只黑翅白鹅。她不确定熊猫会不会游泳，然而，有些熊猫能从中国游到美国去。一则新闻突然火了，有人在美国的丘陵上发现了野生熊猫，这或许和历史有关。20世纪30年代，一个叫鲁斯·哈克尼斯的女人，来到中国成都，活捉了一只大熊猫，取名为"苏琳"。入海关时，她将苏琳登记为"一只形状怪异的哈巴狗"。回到美国，她成了"熊猫夫人"，将苏琳卖给了动物园。其实，她带回去了两头熊猫，另一只叫"苏森"。虽然她声称已将苏森放归中国成都，但苏森当时已怀孕，美国保留了熊猫的精子与卵子，躲在实验室里秘密研究。由于没有天敌，美国熊猫已经悄然蔓延开来。这是新闻上播报的，证据就是有人在美国西贝思山上拍到了熊猫活动的视频。凌霄打开视频，还真是。

夏瑾说："不可能，熊猫是守旧的动物。"凌霄说："鹅都可以是熊猫，那美国为什么不可以有熊猫？"夏瑾不说话，将手里的面包一点点掰碎。黑翅白鹅发出了欢快的叫声。

"你知道,相信某种莫须有的东西,会给人活下去的勇气吗?"夏瑾扔掉了最后一小块面包。

凌霄想了想:"你是说《钢铁是怎样炼成的》《基督山伯爵》之类的文学作品吗?"

"是,也不是。"夏瑾靠在栏杆上。白鹅抖抖脖子,游远了。

凌霄看着夏瑾的侧脸,许多女学生都爱看他的侧脸,像连绵的山脉一样,凌霄不知道他为什么单身到现在。不过,既然美国都有了大熊猫,那单身四十多年,并不是件值得探究的事。凌霄看着桥下的河面,河水照出了凌霄的脸,隐隐约约的,一会儿眼睛长了,一会儿嘴歪了。凌霄感到了放松。这次她看到的才是真实的自己。一天中,人的嘴是变化的,一会儿是线,一会儿是圆,一会儿又是多边形。人的眼睛也是,一会儿装着利益,一会儿装着纯真,一会儿又装着憧憬。镜子截取的不过是我们的瞬间。凌霄冲着河水里的自己招手。那个湿漉漉的自己,在另外一个维度张开了晶亮的鳞片。亲爱的不存在。亲爱的虚无。亲爱的空蒙与渺茫。凌霄收回了自己的手。在她十岁时,就已经梦到了这个段落。我们是活在某个人的记忆里吗?我们为什么不可以是熊猫?凌霄顺着栏杆,慢慢矮了下去。她听见了自己节节败退的声音。

那个送熊猫台灯给凌霄的彭雀说:"那件事已经闹翻天了,我们大学已经组织了好几场社会实践活动,去西贝思山探索熊猫的生活痕迹。"凌霄问:"找到点什么没?"彭雀说:"还真有。有一队找到了几坨动物粪便,应该就是熊猫的。还有一队找到了黑白夹杂的毛发,正准备送去做DNA检测。内华达州已经准备立法了,任何伤害美国熊猫的行为,都会受到法律的制裁。怀俄明州表示,周一到周三,如果有人说了对熊猫不敬的话,可以被其他人起诉。加拿大也不甘示弱,据报道,这两周,加拿大出境去美国的旅游人次,同期比增加了23%,基本都是来内华达州寻觅熊猫踪迹的。"凌霄还想问更多,结果对方的舍友喊了起来:"有没有来自成都的中国留学生?"

文院楼的砖瓦褪色了。凌霄一个人坐在天井的池边。冬天的时候,这里演过一场话剧,名字叫《黑与白》,戏文的老师组织了这场室外演出。那天很冷,还下着冰雨,观众们站在楼下,看着天井里的演员冒着细雨,匆匆走过。还有几个女孩,穿着裙子,在池子里走来走去,嫩白的腿肚子有些哆嗦。关于情节，凌霄记得不是很清楚了，讲的好像是一个人在这个世界连连碰壁，丢失自我，最后异化出了翅膀，向这个世界宣示，他就是如此不同。结尾就止于他的宣示。凌霄感到惋惜，这是戏剧的结尾，但不是生存的结尾。如果真如剧中所说，最后，他可能会被杀掉，也可能被人关入笼子里。就像熊猫一样，一定会成为人人可以来观赏的食铁兽，不可能自由的。当你决定与众人不同时，你就会失去他们口中的黑与白。凌霄离开了文院楼，撑起了伞。她感到自己在蒸发，又感到身体的某一部分湿润起来。

"夏老师，熊猫活得比人快乐吗？"凌霄这样问夏瑾。

"你认为快乐重要吗？"夏瑾反问凌霄。

后来，他们换了话题，比如魏晋风骨啊，建安七子什么的。凌霄不敢问夏瑾，在那个时候，熊猫是怎样生活的，可能夏瑾也不太清楚。就像这么一个问题：世界上有无数个人，但只有一个"我"，在"我"来到这个世界之前，"我"是什么，"我"存在于哪里，如何存在？而"我"离开这个世界之后，"我"又是什么，存在于哪里，如何存在？茫茫几百亿年，为什么会存在一个"我"，"我"的人生短短几十年，为什么要来这儿走一遭？这些问题，没有人真正解答过。有时候，凌霄喜欢坐在宿舍的椅子上，看着那盏熊猫台灯。那么多人爱熊猫，可是熊猫快乐吗？

美国熊猫的热度很高。抖音、美拍、快手，几乎所有视频软件上，都出现了它的视频。哥伦比亚大学的一伙学生，在西贝思山崖上，拍到了大熊猫活动的视频。大熊猫在爬树。大熊猫在蹭痒。大熊猫在瞌睡。短短三分钟的视频，瞬间点燃了全球。美国报道说，这是突破了生物学、地质学、气候学的一场具有划时代意义的科学发现；加拿大报道说，根据有关研究，加拿大很快也将有熊猫栖居；日本报道说，熊猫将不再是中国的专利，日方以后会向美国引进熊猫；澳大利亚报道说，熊猫在美国出现，不排除熊猫具有长时间游泳的本领，有望将来某一天，熊猫会移民澳大利亚。彭雀说，西贝思山的熊猫已经占据美国头条一个星期了。没过多久，她也开了一个抖音号，专门跑到美国的各大景点，拍摄如何画熊猫仿妆。彭雀的粉丝已经三十万了，美国的真人秀节目邀请她去做客。

凌霄还是那样，去杜厦图书馆看书，又到十食堂吃饭。这种生活，已经重复了四五年。她认识彭雀也是这么长时间。然而，陵大的任何一个学生，都不了解彭雀，包括她。出了那件事之后，教导主任建议她退学，她踩烂了教务处的椅子。后来，她还是毕业了，通过了托福考试，考取了纽约的一所大学。临别前，彭雀送了她盏熊猫台灯。彭雀知道她喜欢熊猫，在此之前，她们约好去小红山看熊猫的。后来也没去成。

离开十食堂后，凌霄又去了文院楼。夏瑾在办公室查阅资料。

"夏老师，你能带我去看看小红山的熊猫吗?"凌霄问。

夏瑾有些吃惊。

"我有一个朋友，约好一起去看熊猫的。后来，我朋友迷路了。"

"小红山动物园坐1号线就能到，你完全可以——"

"一个人去看熊猫，实在是一件令人难受的事。"

夏瑾立在那里，微微颔首，似乎答应了。

凌霄拿起夏瑾书桌上的保温杯，喝了一大口，咕咚咽了下去。

太阳也停止了聒噪。

"夏老师，你碰过女人吗?"凌霄抬起眼，直视夏瑾的眼睛。

夏瑾将手中的书本塞入了书橱。咔嚓一声，像是某种鸟类的殒没。

离开文院楼后，凌霄去了陵大和园的烧烤店。她点了羊肉串、鸡肉串、腰子肉、烤牛排。烤串一盘盘端上来，她没有动，坐在那儿愣神。过了一会儿，她把肉褪了下来，堆在了一起。

"老板，"凌霄端着一堆肉，走了过去，"这是狗肉吗?"

正在烧烤的小伙上下打量了她一番。

凌霄说："你杀了我的熊猫。"

夜里，凌霄睡不着，看着天花板，胡乱地想着。熊猫一生活动范围不过方圆几百里，它会不会想到离这片大陆很远的一个地方，那里也可以看到夜晚的月亮。几百年前同是兄弟的另一头熊猫，正在那里孤独地磨蹭着树皮。它们都看着同一个月亮，有着同一份故土的乡愁。想到这儿，凌霄更加睡不着了。她突然很想把那只美国的熊猫带回来。

凌霄走出了寝室，拨通了彭雀的视频。美国那会儿还是早晨，西贝思山上只有曚昽的朝阳。

"怎么样了?"凌霄问彭雀。

彭雀脸上的熊猫妆还没卸干净，一只眼圈是黑色的，一只是棕色的。她摸了摸鼻子说："挺好的，赚了些钱，我准备去好莱坞看看。"

"你准备闯好莱坞了?"凌霄有些诧异。

"熊猫火起来了,有个好莱坞的编导准备拍有关的纪录片,兴许我能帮上忙。"

"那你的学业怎么办?"

彭雀垂下了头:"我又不是为了学业才来美国的。"

凌霄没说话。她看着走廊外的月亮。硕大、肥美的月亮。不,刚才她想错了,即使是同一轮月亮,中国的熊猫和美国的熊猫,都不可能同时看到。这让凌霄感到沮丧。她蹲在了地上,她想起了生命中的很多人,有的瘦,有的爱喝奶茶,有的能写一手好字。他们与她,都隔着一层透明的玻璃。她喊,他们只能听到只言片语,她哭,触摸到的却是冰冷的二氧化硅。似乎没有人能突破这层玻璃,就像两头一模一样的熊猫,却隔着浩瀚的大海。

"你呢?"彭雀问了一声。

"老样子呗。"

"你爸有消息了吗?"

凌霄没有回答。她伸出手,摘下了月亮,塞进了自己的口袋里。

"你看天,天是不是黑了?"凌霄问彭雀。

彭雀侧了侧脸,微微皱起了眉头:"亮着呢。凌霄,你是不是又产生幻觉了?"

"他们带走了我的爸爸。我那时还小,他们有的拿锄头,有的拿菜刀,有的拿棍棒。我爸爸被打得血肉模糊。他们带走了他。我问我妈妈他们是谁,我妈妈没有回答我。现在我想起来了,他们就是他们,他们不是其他什么人。"凌霄喃喃着。

"凌霄,你该睡觉了。回去躺着,你会好受一些的。"

凌霄点点头,关掉了视频,在走廊里坐了一夜。

第二天,凌霄并没有去上课,而是去了图书馆,看了一天"美国熊猫"的报道。有人说,美国熊猫其实是美国棕熊的一个分支,与中国的没有多少关系;有人猜测,这是美国在鲁斯·哈克尼斯的熊猫基础上,生物研究出的克隆熊猫;还有人说,没有这么复杂,就是中国海关查验得还不够严格,有人偷偷将小熊猫带到了美国西贝思山上。就此,很多人发起了讨论,西贝思山究竟适不适合熊猫生存?熊猫日常食物来源于哪里?有人还特地去研究美国有多少种竹类。

彭雀的熊猫妆直播火到了国内。她告诉凌霄,她凑够了路费，想离开学校，去世界周游一圈，再回国。凌霄问："那你以后怎么办？"彭雀说："网络直播的收入已经够她生活了。"凌霄问她："回不回来看夏老师？"彭雀咬咬牙，又摇摇头。凌霄依稀还能看见她胳膊上的刺青。那天，她将想说给夏瑾听的话，文满了全身，赤身裸体地走在操场上，绕了一圈又一圈。夏瑾始终没有出现。凌霄不知道她何时洗掉了身上的文身。也许那只是褪色。很多东西都会褪色的，比如天上的星星，它们终将褪色为黑洞。

这场美国熊猫闹剧并没有持续多久。有人在山脚发现了熊猫玩偶服，还有许多熊猫脚印的模具，质疑声四起。后来，熊猫粪便被证实为是一个三十岁白人男子的粪便，黑白毛发来源于一头驴，最先出现的熊猫视频，调整清晰度之后大家发现居然是假的。美国怒了，加拿大笑了。日本着手准备向中国申请熊猫的租借手续。澳大利亚又发明了一种塑料鸭蹼，套在哺乳动物的手脚上，可以让它们学会游泳。

彭雀的面容出现在了面前。她换了一身装备，登山靴、冲锋衣、帐篷。凌霄问她干什么去，彭雀说，她就不相信，美国没有熊猫。她会去把它带回来，给他们好好看看。

凌霄劝她不要去。西贝思山虽然不够有名，也不够高大，但毕竟是座鸟不拉屎的野山，地势还很险峻。在一座陌生、未知的山前，一个女孩子的力量太弱了。

是彭雀挂断了电话的，她似乎已经急不可耐。凌霄放下了手中的书，去了文院楼。她走入了天井，将双足没入池水中。今年冬天，这里演过一场话剧，叫《黑与白》。那天下着冰冷的雨，那些女孩子都冻得哆嗦了。你有勇气与众人不同吗？你有勇气黑白颠倒吗？你有勇气一口撕烂自我，冲破肉身的桎梏吗？凌霄垂下头，水波缓缓流着。她感觉自己长出了翅膀，它们缓慢地伸展着，抱住了她脆弱的身躯。

全世界都在讨论那个扮演熊猫的人，无人知道那个人是男是女。也许是个女孩，因为肥胖和雀斑问题从不多说话。也许是个男孩，偷了朋友的吉他，却没有一副好歌喉。凌霄闭上眼睛。她能看得见，一个孤独的人，穿着厚厚的熊猫玩偶服，一步一个脚印，穿过沙漠，热浪从脚底升起，弯曲了若隐若现的山影。他无所畏惧，依然笨拙地走向西贝思山。在西贝思山上，他采集山间的野果，捕捞溪水里的游鱼，有山风，有鸟语。他忘记了自己来自城市，忘了自己曾行走在车水马龙的街道上，也忘了自己曾被这个世界赋予的名字。他是熊猫了。他本来就是熊猫。熊猫不该特定为某一个，熊猫就是所有的我们。

凌霄没能睡着。她想起大学生活动中心的排练室，还有许多动物玩偶服。前段时间，黑匣子剧场排练了儿童剧，道具还留在排练室。钥匙在走廊拐角的灭火器红盒子里。

天还没亮得完全，陵大就出现了一头熊猫。也许和西贝思山上的那头差不多，也许彼此本就是不同的个体。起早的同学，遇到了这头熊猫。有的步履匆忙，有的停下来，和熊猫拍了张合照。在陵大校园里偶遇一头熊猫，不是一件容易的事。熊猫没有停止它的步伐，它去了操场，有些学生在晨跑；它去了食堂，拂去了餐桌上的油渍；它又去了河水边，等待黑翅白鹅再一次出现。没有人知道熊猫是谁，它只是默默地长大，擦去大地上前人的脚印。

变成熊猫是什么滋味？凌霄也没法回答自己，只是在闷热的玩偶服里，她终于有点理解这个世界了。宿舍楼里酣睡的学生们，有的慢慢抽出了鹿角，天亮又萎谢；有的长出了狼牙，在月亮下嚎叫；还有的叽叽喳喳地唱着歌，你挨着我，我挨着你，诉说着生存里的艰辛。

熊猫会下山来吗？那只涉过沙漠的熊猫，还会下山来吗？凌霄看着窗外的月亮。又一天过去了，我们能变成熊猫的日子，又少了一天。

彭雀被一只猎犬找到了。她已经在山里寻找了三天三夜，野果太高，她够不着，溪水里的鱼又太滑。这次搜救行动，还上了中国的热搜，标题是《一个中国留学生在美失联，是人口贩卖，还是蓄意谋杀?》。后来在彭雀室友的提示下，美国警方开启了搜救行动。彭雀被发现时，垂坐在山石上，身边错落着撕成条状的压缩饼干包装纸。彭雀被送入了病房。

"他们把我赚的钱全拿走了。"彭雀对视频里的凌霄说。

"为什么?"

"他们说救援费很贵，可是我还要去好莱坞的……"彭雀低下头。

"别傻了，那头熊猫是人扮的。"

彭雀抬起头，脸上的肉堆成了球："凌霄，你说得对，其实我也是熊猫。你快点告诉这个世界，熊猫找到了，就是我。你做个全球直播，让好莱坞制片方过来，我一定会让他们拍一个很棒的纪录片的。"

"别傻了，彭雀。"

彭雀沉默了很久。突然，她捂住脸，肩膀一耸一耸，啜泣起来。

"你喜欢我的直播吗?"彭雀捧着满面的泪水,问。

"你是世界上最真实的熊猫。"凌霄说。说完,她也没能忍住泪水。她吸着鼻子,泪水似乎倒流回了眼眶。她拧开熊猫台灯的开关,没有亮。似乎这一天没有亮起来,以后再也不会了。

彭雀被发现的那天,黑翅白鹅也被发现了。人工湖要换水,水褪去后,学生们发现它被困在了隔离网上,生命已经垂危。救上岸后,白鹅很快断了气。学生们把它安葬在陵大校园的角落里。

夏瑾找到了凌霄,说明天他有空,想带她去小红山看熊猫。

"你知道它死了吗?"凌霄问夏瑾。

夏瑾没说话,带着凌霄去和园门口吃了卤味。他一个人喝了两瓶酒,下酒菜是熏鹅。

地铁上,夏瑾坐在凌霄的左边,凌霄坐在夏瑾的右边,这似乎是自然而然的事。就像熊猫的两只耳朵,左耳在右耳的左边,右耳在左耳的右边。凌霄想起了很多事,比如熬夜奋战政治理论考试啊,名次掉队痛哭一场啊,失去了当学生会主席的机会啊,这些都是令人烦心的事。如果人的一生就如此度过,那会怎样呢?凌霄抱着自己的肩膀,她感到了冷。人的一生无论怎么度过,都会是孤独的。只是有人不加理会,有人闭口不谈。她又想到了熊猫,熊猫一生,只在几百里的范围里活动,它能明白,这个世界是由很多个几百里组成的吗?它能明白宇宙的浩瀚吗?不过,知不知道也没有所谓,宇宙有它的直径,无论多么广阔无垠,它都能折算成有限的"几百里",这让凌霄感到安心。这是熊猫的哲学,也是宇宙的。

动物园里有狮子、老虎、黑熊、猴子,这便是生活的可控感。凌霄跟着夏瑾走着,一只孔雀朝着他们张开了尾扇。凌霄指向孔雀,夏瑾面容沉静。走过了很久,凌霄回头看,那只孔雀依然张着尾扇,它肯定想成为其他什么东西,凌霄想。比如,一头熊猫。

熊猫正在馆里啃竹子,凌霄招了招手,熊猫似乎没看见。

"夏老师,你见过几次熊猫?"

"很多次。"夏瑾说。

"一个人吗?"

夏瑾抿了抿嘴唇:"不是。"

"当初那个人,嫁人了吧?"

夏瑾看着熊猫,熊猫也看着他。

"她不在了。"夏瑾言简意赅。

"生了病吗?"

夏瑾垂下睫毛,又抬起眼。熊猫扔掉了竹子的下半截。

"跳舞。"

"跳舞时猝死吗?"

夏瑾不再说话。熊猫在馆里来回滚着,撞翻了牛奶碗。牛奶染白了它的手,忽而又褪色了,人们发出了惊呼声。小孩子举着手机拍照,后面的人往前挤,夏瑾和凌霄之间,塞了一个人,又两个。

凌霄看见夏瑾朝熊猫行了个军礼,随后,他的右手变成了一把枪,指向了自己的太阳穴。

人群中一阵猛烈的骚动。凌霄伸着脖子往前看,原来,熊猫走入了水池里,正优哉游哉地游泳。

"你相信熊猫就是那只白鹅吗?"凌霄朝着人群里的夏瑾大喊。

人们进进出出,夏瑾站在那里,长出了松软的兽毛。

回程的地铁上,凌霄问夏瑾:"去相信某些莫须有的东西,能支撑人活下去吗?"

"不是所有时候都如此。"夏瑾说。

过了一会儿,夏瑾又开口:"不过,大部分时候,都是如此。"

凌霄还想去看看那头熊猫,也许就是和它聊聊天,喝杯茶什么的。她不知道它是否愿意,也许它要睡个午觉,也许它正在减肥,这些都不是聊天的好时候。她又想到了西贝思山,那里还有一头熊猫。也许真有那么一天,她独自穿过茫茫沙漠,来到西贝思山脚下,和那头熊猫喝上一杯。无所谓啤酒,还是 82 年的拉菲。他们会是很好的朋友。突然间,她又想起了她的第一个打算,她感到全身的肉正在涌动,巧克力甜甜圈挂满了她的身体。

问询鲱鱼

鲱鱼罐头很臭。

我在朗日镇无所事事地转了一个下午,也没闻到一点臭味。我想遇到熟人,又不想遇到。这阵子,我很需要这样的一个下午。阳光在镇子里浮动,可以看见蚊蝇飞舞。卖烧饼的已经出摊了,烧饼的咸香混杂着阳光的焦味。路的尽头,一辆驮着西瓜的卡车徐徐开来,人们走在这儿,又走到了那儿,似乎一切皆可回头。我深吸一口气,风卷起了尘土,广告牌上的女明星笑得一颤一颤的。

朗日镇旧了一些,我们都曾在这里张望过。

那时,我们其中一个说,朗日镇外面就是北京,中国就是由朗日镇和北京构成的。另外一个说,他去过天津。原来那个就说,那就再加上天津。又有一个说,他舅母在重庆。那个就说，嗯，刚刚漏了重庆。

长大后，我们才知道，除了朗日镇、北京、天津、重庆，世界上还有很多很多其他地方。不过，这并不妨碍我们。我们在学校里跳皮筋、踢毽子，在黑板报上画出无数或长或短的彩色线条。

我这次回来，是来参加王佳的婚礼的。王佳是我们中间最漂亮的那个女孩子，她也是我们中间第一个拥有二十四色彩笔的人。她给自己画了一条金色的项链，粉色的戒指。那是她的嫁妆。

关于礼物，我还没想好。我和王佳大概有十五年没见面了，十三岁那年，我们举家离开了朗日镇，后来王佳也走了，去了市里上学。我和王佳的关系不是最好的，但前段时间，王佳找到了我的微信，她说难得的机会，想和大家见一见。

我并不太期待晚上的婚宴。我想，买两块黄烧饼，一小盒凉粉，再炸一串臭豆干，赶得巧的话，还有鸡丝春卷，这些就够了。我一个人坐在街角的石墩上，石墩边有融化了一半的冰激凌。几个黑瘦的男孩骑着自行车穿过街道。墙壁上的丝瓜正绿。咸鱼被收走了。不远处传来滋滋的炸串声。一个身形肥胖的女孩将煎饼举过了头顶。

不知过了多久,我起身了。阳光还没止息,朗日镇似乎被什么托住了,悠悠的,荡荡的,让人看不清楚。唯一能让我确定的,是屋檐上的新燕,对着太阳张大了嘴巴,它们年年都会回来。我站在屋檐下,立了一会儿。那几个骑自行车的男孩回来了,车把手上挂着鱼篓,时而有水花溅出来。"喂。"我喊了一声。领头的男孩举起了胳膊:"什么事?"我摇摇头。男孩们骑远了,我才喊出来:"太阳太大了,你们慢点骑。"

我追着男孩们的车辙痕迹,到了占街。沿街晒着怎么也晒不完的麦秸。在我小的时候,他们就开始晒了,晒到了现在。我在街角的杂货店买了瓶矿泉水,夕阳已经歪斜了。我朝酒店走去。我手里的矿泉水洒了一路。临了,我抛下矿泉水瓶,踩扁,扔向了夕阳。

我没有听见它掉在了哪里。

宾客还没到齐。一个戴眼镜的男孩朝我招手,仔细辨认,是那个去过天津的沈浩然。他旁边是个打扮时髦的女孩,如果我没猜错,她是那个舅妈在重庆的焦娇。另一个女孩在席边抽烟,或许不是女孩。我走近了看,是林夕路,就是坚持说中国只有北京和朗日镇的那个女孩。她剃了平头，左耳戴着四五个耳环，右耳边有个文身，是火焰的形状。

"来了?"林夕路捻熄了烟头。

刚才来的一路，我在想谁会和我说第一句话，没想到是夕路。当年，她是孩子王，她没有必要和我先说话的。不过说也说了，我拉开椅子，坐了下来。焦娇努力吸着肚子，没错，她的连衣裙太紧了，勒得人心慌。沈浩然打开了橙汁，给我倒了一杯。

"怎么样?"沈浩然似乎想和我套近乎。

"橙汁不错。"我并没有抿上一口，"你热吗?"

沈浩然嘿嘿笑了，他抽出桌子上的席卡，扇起了扇子:"快到夏天了啊。"

我们突然沉默不说话了。林夕路躺靠在椅背上，她眯着眼睛瞧着我们每一个人。

"林姐，你还真去非洲了啊?"沈浩然抽出一支烟，递给林夕路。

"当然。我见到了狮子、老虎、大象，还有臭得不能再臭的鲱鱼。"

"非洲真的有鲱鱼吗?"沈浩然问。

林夕路没有回话。

沈浩然自己笑了起来："呵呵，也是哦，非洲旁边也是海。"

我们又各自沉默起来。宾客们陆陆续续地进来了。

"呵，"焦娇说话了，"都是二婚了，还办什么婚礼？"

"二婚？"我重复了她的话。

"她妈打麻将输了，把她给了薛家的小儿子。去年才离的婚。"焦娇伸出手，她刚做了美甲，亮盈盈的。

"按规矩，二婚是不该大操大办的。"沈浩然应和道。

"喊，"焦娇说，"做成这个样子，无非是想告诉我们，她日子好过了呗。"

"新郎是谁？"我问。

"老是老了点，好歹是个老板。"焦娇耸耸肩。

"做什么的？"林夕路瞥了一眼，搭了一句。

焦娇努努嘴："包工头。"

我们对土木工程类的工作提不起兴趣，沈浩然起身打电话，焦娇对着手机自拍，林夕路又抽出一支烟。我陷入了慌乱，给邻座的空位满上了一杯橙汁。

婚礼和我参加过的婚礼没什么不一样。新郎新娘上台，礼仪讲话，新郎给新娘戴上戒指，大家举起酒杯祝福，灯亮。王佳跟在那个矮个新郎后面，一杯杯敬酒。

"哟，今天挺美。"焦娇翘着小拇指，举起酒杯。

"谢谢各位能来参加我的婚礼。"王佳双手握着酒杯，朝我们鞠躬。

沈浩然给新郎递上了名片，两人客客气气地笑着。

林夕路冲着王佳，喝干了橙色的液体："还得谢谢你还记得我们。"

沈浩然似是讲了一个笑话，新郎笑个不停。王佳压低了声音对我说："结束后你们都别回去，我带你们出去玩。"

这句话我记得。"我带你们出去玩"，这是我们之间的暗号。只要谁发现可以玩的好地方了，或者有新玩具了，就会这么说。林夕路带我们去过芝麻地，沈浩然给我们玩过飞机模型。王佳是我们中学最好看的女孩子，不只中学，可能还是朗日镇方圆百里最好看的。我们都很羡慕她，她对我们也好，收到的芭比娃娃、玩具汽车上，都布满了我们的指纹。

"你说的是我们全部吗？"我挑高眉毛。

王佳渐渐露出了微笑。她拥抱了我。瘦削的身体里，有鸟雀颤抖。

王佳果然在那里。我知道她会在那里。我们坐上了她的车。

"佳姐,这宝马花了不少钱吧?"沈浩然凑过脑袋问王佳。

"这是聘礼。"王佳简单地回了一句。

"啧啧,"焦娇说,"新郎官怎么不来追你?"

"他喝多了,在房里睡觉呢。"

"喝得再多,不见得新婚夜还这样吧?"

王佳笑了笑,小声地说:"为了和你们聚聚,我买了些安眠药。"

焦娇哼了一声:"你还是那样。"

"你爸妈呢?"林夕路插了一句,"他们怎么样,还在做灯具生意吗?"

"早不做了。我爸去深圳了,在赛马场工作。我妈运气不好,在家里待业。"

"运气不好?那就是钱全都输光了。深圳我倒也去过,赛马我也见过。只是赛马的时候,打扫马厩的人从来不露脸。"焦娇昂起头,看着王佳的背影。

沈浩然觉得气氛有些僵,就用胳膊捅了捅林夕路:"夕路姐,非洲什么样子啊?长颈鹿到底有多高?"

"你知道在非洲某个部落,话多的人要被阉掉吗?"林夕路翻了个白眼。

沈浩然咽了一口口水。我们之间，再也没人说话。

汽车在朗日镇行驶着，我第一次这么仔细地看朗日镇的夜景。阔大的天是深蓝色的，黑色的云在上面穿梭。半弯的月亮时隐时现，月下的房屋都睡了。随着月影，它们闪现着不一样的暗淡光芒。河边立着一排路灯，偶尔能听见狗叫声。桥上有人影，倏忽又不见了。新造的公园里还荡漾着歌声，远远听起来，像某种梵音。再没有这样的夜晚了，我默默地低下了头。车胎压过一个凸起的东西，我们都微微一震，却没有人愿意开口。

已经远离了朗日镇，我们依旧沉默着。四周是农田，堆放着收割好了的麦秸。再往前开，是鱼塘。林夕路曾在农田里挖出过人的小腿骨，谁不听话，她就用腿骨打谁。后来，她送给了中学的生物老师。沈浩然曾经掉进过鱼塘里，他不会游泳，后来被人救起来了。焦娇既不喜欢人骨头，也不喜欢鱼塘，她只会朝人吐口水，嚓滋嚓滋的那种。我们玩得都很好。王佳曾经收集过我们每个人的指甲和头发，撮合在一起烧了，她说，这样我们就永远不会分开了。

王佳关闭了后座的车窗。带着淡淡焦香与水汽的朗日镇气味,与我们有了隔阂。这种隔阂,已经生长了多年。我不记得是何时将它种下的,它发芽,抽节,开花,过程无声无息,又有条不紊。我抬头看着王佳的背影,某个瞬间,我害怕失去她,似乎失去了她,我们曾经在一起的时光就会烟消云散。

"这些年,你过得还好吗?"让我惊讶的是,是我打破了沉默。

"怎么说呢,还行吧。"王佳说。我看不见她的表情。

坐在王佳身旁的焦娇,放下了她的手机:"听说,人家薛子恒又找了一个,一九九八年的,怀上了,男孩。"

我依然看不见王佳的表情。

"日本的男孩都喜欢看动漫吗?"我转头问林夕路。

"也不全是吧。"林夕路缓缓转过头,"就像不是每一个中国人都见过龙。"

"那么说,你见过?"沈浩然兴奋了起来。

"你对着太阳看,能看几秒?"林夕路问,"你闭上眼的一瞬间,其实就能看见龙。"

沈浩然扒着窗户,却怎么也找不到太阳。王佳似乎笑了,肩膀一耸一耸的。

"你们家还有太阳牌的灯泡吗?"林夕路问。

原本轻松的氛围,又冷落了下来。

"早就停产了吧。"沈浩然嘟哝着。

王佳带我们去了一个废弃的工厂。工厂在农田的西南处,我们用千斤顶砸开了铁门。门口堆放着几个生锈的大桶,里面还有些褐色液体。

"这是什么工厂?"沈浩然问。

没有人回答他的问题。我们继续向前走,就像十几年前一样。朗日镇的大小废弃建筑物,我们都曾踏足。沈浩然曾经还被旧电厂的老鼠夹夹过。我们掰不动,一人抬半边,带着一瘸一拐的他回家。他在家休养了一个月,又告诉我们,东头有座废弃的酱油厂,以前有人在里面找到过无头女尸。我们去那里翻了半天,只有满缸的蛆。林夕路说,蛆已经把那个女的吃掉了。我们纷纷点头。而沈浩然这个始作俑者,居然跑到一边吐了出来。林夕路说,沈浩然也吃过了,他家里的酱油,就是泡过女尸的。后来好长一段时间,沈浩然拒绝吃红烧肉,那曾经是他的最爱。旧电厂已经被整修了,成了外来居民的安置房。酱油厂也推倒了,没有人知道那里曾有一具女尸被蛆吃得渣也不剩。

"你真的见过龙？"沈浩然凑近了林夕路问。

"我还见过食死徒呢。"林夕路翻了个白眼。

王佳没有搭理我们，她走在头一个。

"你们该不会都忘了吧？"焦娇停住了脚步。

林夕路别过脸去，沈浩然低下了头，我觉得嘴唇酸涩，抿了抿。

"你想带我们去哪里？"沈浩然的声音有些颤抖。

王佳依然没有回答，她就朝前走着，仿佛有某种魔力似的，我们跟着她。这个厂房看起来不大，走起路来却没完。过了些时候，我们才意识到，这个厂的构造是狭长的，宛如剑鞘。

"你们还记得明清厕所吗？虽然它被封掉了，但我十二岁时，我特地一个人晚上去的，爬上老墙院，跳下来，就到里面了。我在里面留了一泡屎，没人知道是谁拉的。居委主任还发了大火。这可不能怪我。每个人的每一泡屎，都不相同。"似乎要避免尴尬似的，沈浩然开始讲话，他笑了几声。没人觉得有什么好笑的。

"她那样的人，居然还有人要？"焦娇发出轻蔑的声音。

"猫吃鱼，狗吃屎。"林夕路冷冷地说。

"你还别说,薛子恒倒是个明白人。去年,她去法院时,胳膊断了,脸肿得老高。我就不信了,她还能改?"焦娇昂起头。

我能感受到她的眼神是不屑的。

我们走进了空楼,又随着王佳走上了二楼楼梯。

"你想干什么?"焦娇步步逼近。

"我带你们来看看夜景。"王佳回头,朝我们淡淡地笑着。

我从来没想过,朗日镇的夜晚如此秀丽。阔大的夜空,点缀着星辰流云。月亮隐去了,大地弥漫着微蓝的夜气。还没收完的麦子低垂着面庞,几只鸟掠过去,无法确定它们是什么颜色。田地里传来一阵一阵的蛙鸣。从这栋楼垂直看下去,下面是一个圆形的湖。湖水平静,一团团蚊虫旋转着升上来。

"我们以前经常做的,"王佳说,"从码头上跳下去,从桥堤上跳下去,从跳板上跳下去。你们还记得吗?"

"看来,你记得的事不少。"焦娇说。

王佳回过身。她穿着一袭白裙,晚风吹得她袖口鼓胀起来,像是一双雪白的翅膀。她的盘发还没有散尽,几绺发丝划过她的面容,分开了她的眼睛与嘴角。她的眼睛是弯着的，嘴角也是，就连她的身体，也是弯着的。风吹着，她一会儿弯向左边，一会儿弯向右边。月亮显影了，王佳变得透明又朦胧。

"王佳，既然今天是你的婚礼，我也没什么好送的，就送你一点我们共同的记忆。"焦娇说，"你今天能这么幸福，还多亏了白钰辰没来找你。"

她说到那个名字时，我们的身躯都微微一震。白钰辰是我们中学最聪明的男孩。第一个说中国是由朗日镇和北京构成的，就是他。那时，我们还没有什么地理概念。

王佳没有说话。她的身体向后仰了仰，月光也向后晃了晃。

"这些年，你梦见过他几次？"焦娇又往前迈了一步。

王佳维持着那副淡淡的笑容。

沈浩然拉住了焦娇的胳膊："你说什么呢？你无凭无据，不要瞎掰啊……"

"无凭无据？"焦娇冷笑了一声，"当时，我们玩捉迷藏，那个鬼就是她。我们都躲着，能把放大镜放在那里的，只可能是她。"

林夕路点燃了烟。昏暗中，我们全都看向了那个红点。

"这件事和我没什么关系。"林夕路咬着嘴唇，香烟头也翘了起来。

"什么没关系?你妈和他妈从小一起长大,你认了他妈作姨娘,白钰辰认你作了姐姐。将来他考清华,你考北大。你不看看你姨现在的样子,她连养老保险都没有,都是镇政府帮她兜底。"

林夕路双指夹着烟蒂,吐出了一个烟圈:"那天太阳那么大,确实是放大镜放在了麦秸堆上,引发了火灾。但我们也无法排除,那个放大镜是我们以外的人丢在那里的可能。"

"以外的人?"焦娇抱起了胳膊,"这些废弃工厂,半年都不来一个人,只有我们这些吃饱了撑的,在这里玩耍。而我们中间能放放大镜的,就只有王佳。"

可怕的沉寂。

焦娇瞪着王佳,沈浩然用胳膊拦着她。林夕路扔掉烟蒂,用脚捻熄:"太阳牌的,那个放大镜是太阳牌的。"

突然,王佳脸上的表情松弛了下来。她轻轻往后一侧,倒了下去。

沈浩然尖叫起来,跑过去。我们也讶异了,纷纷看她怎么样了。

她啪地掉进了圆形的湖里。水面荡漾起一圈圈的涟漪。

大大泡泡卷。黄油面包。跳跳糖。酸梅粉。哨子糖。小浣熊方便面。高乐高。香芋牛奶冰。落下水时，它们的滋味在我的嘴里重现。这些我都吃过。泡泡卷可以吹泡泡。黄油面包可以掰开吃。酸梅粉和跳跳糖一起吃，是史诗级的美味。我闭上眼睛，无数水泡从我的鼻孔出发，噗嘟噗嘟往上涌去。这个世界变得安静了许多，只有蛙鸣，蚊虫飞舞，和月光拂过皮肤的声音。

沈浩然、我、焦娇、林夕路，我们一个个从水面冒了出来。就像昨日，就像很久以前，那些香芋味的暑期，我们抱着泳衣、泳圈跳下河。河水清凉，我们往对方身上泼着水。焦娇尖叫着，她才编好的辫子，林夕路游了好远，沈浩然呛了一口水，咳嗽着。剩下的我们，憋了一口气，沉下水，看谁比得过谁。

"王佳，你发什么神经？"焦娇抹了抹脸，大喊着。

水面依旧平静。

突然，我被什么狠狠拽了下去。是一只手，一只人的手。从水面下往上看去，夜空是灰蓝色的鲱鱼，我却离这个灰蓝色越来越远。我在水中瞪大了眼睛，王佳的秀发宛如一张密密的网，白裙宛如鲱鱼长长的尾巴。水波中流动着晶亮的光芒，一切都是柔软的。月亮在这里碎成了一万片，黏附在我们的瞳孔里。是这样吧，确实是这样。我听见了我的骨头，它在悄悄地生长。我听见了我的鼻息，它游弋于水沫、鱼鳞、回忆之上。我们会好好活下去的。我听见了我的心跳声，两条丝绸般的胳膊搂住了我，我吻住了她的嘴唇。

水泡从我们身体的每个毛孔里钻出来。它们浮上去，又重归于零。

沈浩然以为是我把王佳救上来的。林夕路也游了过来，焦娇漂在水面上，注视着我们。我将王佳放在了岸边。她的双脚没在水中，我托了上来。那是一双好看的脚，我以为它们能跑得过愧疚与慌乱。

"事情已经过去这么久了。"沈浩然说着，用手压着她的肚子。王佳闭着眼，没有吐出湖水，反而扑哧一声笑了出来。

"我相信你，我一直相信你，你不会做这种事。"沈浩然揉着王佳的手，她却抽了出来，用晶亮的眼睛看着我。

我抱着王佳。白裙裹着她的身体，她再次颤抖。

"或许我们再也见不到了吧。"王佳朝我眨着眼睛。

"那我再送你一个太阳。"我吻了王佳的手，轻轻在她耳边说。

焦娇游了过来。

"你只要告诉我们,放大镜是你的吗?"焦娇站在岸边,俯视着王佳。

王佳淡淡地笑着:"它确实是太阳牌的。"

焦娇咬紧了嘴唇。扑通一声,王佳又转身钻入了湖里。月光明照,天地一片平阔,我回望着这个地方。我知道王佳为什么带我们来这里了,这湖太像那个放大镜了。王佳从水面冒出头,她打破了它。

林夕路给我们讲了很多趣事。除了探寻废弃工厂外,我们也玩过不少寻常的游戏,比如丢手帕。沈浩然曾经捏着手帕跌了一跤,就跌在我的身上,那是林夕路故意把他绊倒的。还有老鹰捉小鸡。我们中间,林夕路最凶,只要她当老鹰,准是我们输,而只要她当母鸡,准是老鹰输。沈浩然问她喜欢当老鹰还是母鸡,林夕路白了他一眼说她不喜欢吃鸡,也没必要保护小鸡。

林夕路要去南美洲了。她去过世界上的许多地方了。这个世界从来不止北京、天津、重庆和朗日镇。她知道的,她知道的比白钰辰还要早。焦娇问她去做什么,什么时候回来，她挥挥手，说她要去做自己。也许回得来，也许回不来了。

"我们会想你的。"沈浩然说。他是第一个上车走的。他在南京证券公司营销部，这次回朗日镇，还是用的年假。

焦娇换了一身休闲装，牛仔裤、小白鞋。她的鸭舌帽压得很低。她要谈恋爱去了。这句话她没说，但我猜得到。她在泰州中学当语文老师，她会在那里过一辈子，安稳而绵长。

王佳也会走的。她的老公在福建开厂，还投资了一栋复式楼。她会在那里住很久，再生一群健康阳光的孩子。

"其实……"人都散了之后，我喊住了王佳，欲言又止。

王佳没有回头。

我喜欢她的后脑勺。从认识她那一天开始的。

王佳是我们中间最漂亮的女孩子，她也是我们中间第一个拥有二十四色彩笔的人。她给自己画了一条金色的项链，粉色的戒指。她说那是她的嫁妆。然而，这份嫁妆，她没有给薛子恒，也没有给这个老板，她给了我。王佳不仅漂亮，发育得也很早。在中学的那些墙挨着墙的宿舍里，她褪去衣衫，坐在澡盆里洗澡。然而，墙壁上有一个洞。

白钰辰那么聪明，弄出了一个洞。

"他摸了我的胸。"十二岁的王佳站在我面前，说了这么一句话。

我不记得她还对我说过什么了。王佳对我一直很好，她给过我嫁妆，也给了我很多太阳牌的东西。我用它们做了很多事，而这些事情太久远了。

我将行李放进车肚里，上了车。

王佳在车外朝我招手。

或许我们再也见不到了吧，她说得很对。

"我希望你也能忘记。"王佳还和我说过这句话。

我戴上了眼罩，抱着胳膊仰在车座上。人们入座了，交谈，喝水，告别。这辆车宛如一个铁做的胃，生活总会消化掉那些不愿被提起的事。

汽车不知行进了多久，我摘下了眼罩。

夏天到了。柳树、桑树、果树在田野边盎然地绿着。河塘里栽种着一丛丛荷花，有些已经冒了红。蝉在不知疲倦地叫嚷着。阳光照在房顶上，非常亮。我想起了白钰辰死去的那晚，王佳父母一直守在灯具店里。所有的灯盏都开着，它们亮了一夜。那晚，在臭不可闻的微风中，朗日镇的人都没说话。

我躺在床上，看着远处的灯具店。暖色的黄光，宛如一轮月亮。确实。有些事物就是这样，他们只是在你的生命里骤然亮了一下，呲呲两声，随后又永远隐在了人群背后。

黑猫红中绿

沈愿明有一只黑猫,这是她在南京的独居伙伴。只是在某一天,黑猫从阳台上钻进了她的屋子里。从家乡考进南京市图书馆,黑猫是她的第一个伙伴。

沈愿明是在南京大学中文系读的本科,那时她还有个伙伴,是同班同学,名字叫王佳,王佳大三就辍学了。沈愿明不知道她去了哪里,也联系不上。有人说她回老家了,有人说她出国了,时间长了,大家都知道她失踪了。

在图书馆工作时,沈愿明总是想起这个女孩,她对她的印象不是太深刻,因为她是学校里大多数人中的其中一个,像分母里面的一个数字。大三时,开始流行什么"快闪"运动,王佳带着她的人生一起"快闪"了。沈愿明问了辅导员,他说她父母有点事,所以她辍学了。后来又有传闻说什么女大学生失踪事件,同学们传得很凶,直到王佳打了个电话给辅导员,让他把宿舍里剩下的东西寄给她,流言才停止。这个电话是水面上唯一一个水漂,然后她又杳无声息了。沈愿明找过她多次,并没有找到她的任何消息。

这几天,黑猫的行为有些反常,沈愿明带它去看医生,它从医生手里挣脱,不见了。沈愿明在宠物医院周围反复寻找,并未找到它的身影。

在黑猫消失的那个晚上,沈愿明收到了一个陌生的电话,声音很熟悉,听着听着,沈愿明听出是王佳的声音。她问王佳最近可好,王佳说,她现在在弋阳呢。沈愿明问她这段时间在哪里,过得怎么样。王佳说,她这段时间在地球呢,过得挺好的。沈愿明问她在地球干什么,王佳说,她在寻找自己应该如何在地球存在。沈愿明问她找到了吗,王佳说,她辍学是觉得学校教的知识,包括日常生活的常识都没什么意义,一切过于虚无了。沈愿明问她现在呢,她说,意义这个词也是虚无的,《红楼梦》看透了空,是因为曹雪芹拥有过太多,人生确实是空的,但在虚无中寻找到实在,是一个青年必须要做的事。没有人最后不是两手空空地走,而他留下了什么,才是真正的可贵。曹雪芹看空了一切,而《红楼梦》却是他实在的宝贵,若他真的看空，可能就不会动笔。这就是理想，是追逐，也是漫漫征途。沈愿明问她在弋阳干吗呢，王佳说，踏上征途了呗。沈愿明问她一个人吗，王佳说，实现梦想的路上，从没有人孤独过，哪怕远隔万里。就如四大名著，它们的读者跨越了时空。而中华的文化，渗入了每个中华儿女的骨髓中。

沈愿明问她认为中华文化中最可贵的是什么，王佳答，中华文化侧重"飘渺"，这是一种精神追求，无论庄子、苏东坡，还是王若虚，他们都在失意、落魄乃至悲观中产生了乐观与通透豁达，这就是四大文明古国中，只有中华文明从未断过的一大原因。

沈愿明问她，这段时间，她很失意，落魄和悲观吗，王佳说，确实如此，但她很感谢这段时光。它是她生命中不可或缺的部分，它让她更好了，更坚定了。她很感谢这段经历，虽然痛过，但是她成了更好的自己，世界也变成了更好的世界。

"然后你去了弋阳？"

"我一直在路上，我充满了力量，这也是我为什么是华夏儿女的原因。华夏儿女无论面对怎样的考验，都会再爬起来再跑起来，正如夸父追日，精卫填海。"

沈愿明和王佳谈了挺久，王佳正在弋阳一家客栈里。

沈愿明问她吃住怎么解决，王佳说她盘缠是够的，沈愿明问她为什么要去弋阳，王佳说，她爱这片大地，她想来看看这片大地，人们如何耕作，如何纺织，如何生儿育女，如何建筑房屋、桥梁，如何发展文明，如何共饮长江水，如何成为这片大地上的一名平凡又特殊的中国人。沈愿明问她下一步去哪里，她说向来从来处来，到去处去。沈愿明问她下一个城市去哪里，她说去古楼。沈愿明问她来处来自哪里，她说，她总感觉自己不是地球人，可能每个人降临前都并非来自地球吧。

　　王佳来电话的第二天上午，沈愿明上班迟到了。那天堵车了，而沈愿明出发晚，觉得地铁换乘来不及，就打了车。沈愿明被扣了一点季度奖，在图书馆整理完图书后，王佳发来了一条短信：你猜我在弋阳看到了什么？

　　沈愿明不知道她看到了什么，其实她也没有必要知道。

　　"你看到了什么？"沈愿明还是打电话问王佳了。

　　"你往你东南方向看去，看到了什么？"

　　"看到了一摞书。"沈愿明说。

　　"什么书？"王佳问。

　　"《唐诗三百首》和《博尔赫斯文集》。"

　　"它们怎么被放在了一起？"

"它们被借阅,还回来了。"

"我在弋阳看到了一只长颈鹿。"王佳说,"就像两本不相干的书机缘巧合地被放在了一起,我相信偶然也是一种必然,一种神赐的必然。"

沈愿明还想和她聊一会儿,但是还没到下班时间,于是就开始摆放图书。她不知道王佳长成了什么模样,也许和她聊天的并不是王佳,她认为也有这种可能,因为"可能"这个词本身就有无数可能。

沈愿明结束了一天的工作,去旁边的街巷里买了晚餐,某一瞬间,她突然觉得,王佳的生活也不失为一种"可能"的生活。沈愿明朝九晚五,是一种平稳安乐的生活,王佳颠沛流离,却别有一番风致。遑论哪种生活如意,沈愿明在羡慕王佳的同时,可能王佳也在羡慕着沈愿明。记得大学毕业时,同学们各自道珍重,有的去了广州,有的回了老家,有的出国深造,有的留校当了老师。他们选择一种生活的同时,就摒弃了其他千百种人生的可能。任何选择都是如此,宛如你永远只能走在一条道路上,你只能走上一条道路,而道路引领你走向前方。这可能就是时间与空间的局限性,我们在这里的同时,就不能在那里。沈愿明在图书馆的同时,就不能在图书馆外的其他地方。说起来很拗口，但是沈愿明这一代人，无论意识到与否，都明白这个道理。所以他们会选择没有人选择的选择，走没有人走过的道路，完成没有人完成的任务。是的，无论人生出现了怎样的岔路，他们选择了，他们走下去了，他们完成了。虽然道路布满荆棘，虽然有痛有风雨，但是他们走到底了，他们在终点踩下了自己的脚印。这就是为什么读书，为什么工作，为什么奋斗的意义。沈愿明想，在图书馆整理图书也是一种奋斗，在咖啡馆端盘子也是一种奋斗，在写字楼里做表格也是一种奋斗，在医院里与病魔抗争也是一种奋斗。同样，王佳辍学并不意味着放弃了奋斗，走路也是一种奋斗，只要能走，似乎就有了新的可能。有好的可能，也有不好的可能，而那些不好的可能，似乎也会变成好的可能，这在于你的选择，在于你的道路，在于你如何思考。

沈愿明坐在星巴克的玻璃桌旁，看着人来人往。每个人都匆匆走过，宛如水流缓缓漫过山野。太阳照在人海里，总有些人，在浩渺的人海中折射出璀璨的光芒。一阵波光粼粼，人群仿佛丰收的稻谷。不要问何所依，何处去，沈愿明在星巴克，她就往星巴克去了。人群中，有人往地铁站去，有人往公交站去，有人往商场去，这就是何处去。

而当你到了星巴克,又会有新的"何处去"。这是时间与空间的局限,也是时间与空间的魅力。人生的精彩来源于不确定性,沈愿明很感谢那个经常批评她的主任,因为有了主任的批评,她的人生又多了些不确定性。多了不确定性,就多了选择,多了道路,多了可能。沈愿明的那些同学们,有的跳槽了,有的辞职了,有的换了一个地方开始了新的人生。她很理解她的同龄人们,没有人规定人生必须怎样,没有人能规定我们走到哪里。我们做出一种选择时,我们只有努力才能实现,我们走上一条道路时,我们就要走下去。当道路已经走到终点时,不妨看看天边的云,聚散离合,人生寻常。

离开玻璃桌时,人间已是另一副模样,褐色的糖稀涂满了天空,孩子的笑声宛如鸽子般在空中飞舞,树木成了摇曳的手指,用天空上的糖稀作画。一瞬间,人群中的每个人都有了自己的颜色,他们该往哪一管颜料里去?在那里,人们活成了斑斓,又无限透明的模样。沈愿明独自走在街道上,她又想起了那位叫王佳的朋友。她的名字叫王佳。有的人的名字宛如浮萍,在生命的海面上漂浮,直到更多更多的浮萍涌来,组成家庭与社会;有的人的名字宛如女红,一针一线,用疼痛绣出活着的美;有的人的名字宛如靶子，在箭矢的飞奔中璀璨，破碎，迸溅，洒在大地上，变成无数朵没有名字的野花；有的人的名字宛如迷宫，无法参透命运的谶言。沈愿明相信自己的名字不过是一张被画了几笔的白纸片，在生命的海面上浮了几下，缓慢地沉了下去，成为地球上的另一种元素。王佳的名字是什么呢？沈愿明叹了口气。所有的名字不过是仓颉的排列组合之一，你来到了这个世界，仓颉用这亿万分之一的可能称呼了你。

回到家，沈愿明给自己泡了杯牛奶。母亲的视频电话响了起来，问候了几句，说些这段时间发生的事。她看着母亲已老的面容，不知该说什么。沈愿明说自己一切都好。母亲问她上次的相亲对象处得咋样了，沈愿明才想起这回事，她说马上联系那个男孩。母亲似乎很满意，挂了电话去准备晚饭了。

男孩说他这周六晚上有空。两人聊了几句，各自忙各自的事去了。沈愿明看了会儿书，又听了会儿音乐，玩了会儿手机。她不认为自己是孤独的，因为世界上的每个人都是孤独的。有的人聚在一起打牌，红桃 A 是他的孤独，梅花 Q 是她的孤独，方块 K 又是他们的孤独；有的人一起逛街喝奶茶，珍珠是她的孤独，新一季的衣服是她的孤独，花花绿绿的世界是她们的孤独;有的人独自斟酒,明月是他的孤独,碟子里的花生米也是他的孤独;有的人被舞台上的镁光灯照耀,那一刻,他又是世界上最孤独的人。孤独没有大小、高低、优劣之分,正是因为孤独,人类有了社会、团体、感情与文明。而大自然里的每一个生命,也都是孤独的。

出于一份孤独与孤独的碰杯,沈愿明给王佳打了电话。

"你怎么样?"沈愿明问王佳,"感到孤单吗?"

王佳似乎不屑于回答这个问题说:"我有长颈鹿。"

"我知道那头长颈鹿并不存在。"

"你以为,存在的东西一定要见到吗?我相信它存在,我能感觉到它,它也能感觉到我。宇宙里的物质与能量,你又能看见多少?"

"你是说暗物质与暗能量吗?"

"人对人的爱,让这个世界更美好了。你能看见爱吗?"

沈愿明起身,关掉了灯,一个人坐在黑暗里说:"你相信爱?"

"你能看见光吗?"

"光不是七彩色吗?"

"光是通过介质让我们看见的。我们不能看见光的所有,而光让我们看见了我们能看见的所有。"

"你是让我相信爱之类的东西吗?我长这么大,也没被什么爱过。"

"不是让你相信爱之类的什么,而是你要相信你的相信。相信你能相信爱,相信你能相信光明,相信你能相信这个世界的复杂与纯粹。"

"我相信我能爱人,但我没法相信我能被爱。"

"那就请你再一次相信你的相信。只要还活着,做任何事都不晚。"

"世界依旧复杂吗?"

"世界很复杂,有光明也有暗影,有冬天也有夏天。可世界依旧纯粹,纯粹的在于你的心灵与你的灵魂。若你用心灵感触这个世界,你会更能体会到世界的美好,只有疼痛,才让人感知到自己的存在,他人的存在。而疼痛之后,是愈合,是七色的彩虹,是能让我们看到更多事物的光。"

男孩并没有把那杯拿铁喝完,沈愿明一个人看了一场电影。电影讲了一个俗套的爱情故事,沈愿明很喜欢这个结局，等银幕上的情侣拥抱在一起，背景音乐响了起来，沈愿明才发现已是午夜时分了。她独自走在街道上，想起了这个叫作王佳的朋友。人到了一定年纪，就会对孤独产生恐惧，而阅历的增加，又让他们觉得孤独是可贵的。两个孤独的灵魂走到了一起，于是有了爱情片。一个孤独的灵魂走在路上，于是有了文艺片。无数孤独的灵魂相聚，于是有了历史片。沈愿明知道，大家都爱看爱情片，因为一个生灵找到了另一个生灵，这是极小概率的事情。而那些嘈杂的人群，不过是孤独的假性释放方式。虽然王佳并不在此处，但沈愿明庆幸，在这个世界上，她还有一个朋友，名字叫王佳。

回到住处后，沈愿明躺在床上，准备看会儿短视频再睡觉。视频里的人在跳，沈愿明的孤独也在上下跃升。跳跃的每一步都宛如鼠标的点击，沈愿明觉得一个爱使用鼠标的人，内心的孤独只会多不会少。

明晚有空出来吃个饭吗？微信里跳出了一句话，是那个和她相亲的男孩。

沈愿明想了下，回：有空。

男孩是南京本地人，喜欢棒球，喜欢 NBA，本科学历。沈愿明是南通人，喜欢日漫，喜欢追剧，本科学历。他们互相交换了信息。沈愿明知道，故事一般就是这么开始的。从餐厅出来，他们去咖啡店坐了坐，然后在商场里走了走。临别前，沈愿明按捺不住好奇心，问他："昨天的咖啡为何剩了一半？"

"我妈挺喜欢你的。"男孩说。

沈愿明顿了顿，说："我妈觉得你也不错。"

似乎都是这样，也没什么不对。

王佳消失的这一小段时间里，沈愿明和男孩吃了十二顿饭，看了十三场电影，去了五次游乐园，男孩还给她送了六次早餐。他们已经从确立关系走到了准备订婚的环节。沈愿明见过了男孩的妈妈，阿姨送了她一个银镯；男孩见了沈愿明的妈妈，接过了一枚沈愿明外婆留下的银圆。他们的订婚仪式将在下周六举办。两边父母都相当满意。

沈愿明正挑着订婚礼服时，王佳打来了电话。

王佳说："我被挟持到了一座动物园里，整天和长颈鹿斗鸡眼。"

沈愿明问："绑匪是动物园园长吗？"

王佳说："绑匪是我的长颈鹿，我在去往庆元的路上与它重逢了。"

"所以你待在了动物园？"沈愿明问。

"这里还有狮子、老虎、大象呢。"

"你在那里干吗？假扮长颈鹿吗？你脖子够长吗？"

"我在动物园干杂活呢，生活费足够。"王佳说。

"王佳，"沈愿明说，"我这周六要订婚了。"

"订婚？"王佳重复了一句，"和男的女的？"

"我没和你开玩笑。你愿意回来参加我的订婚宴吗？"

"我宁愿相信你和一头熊猫私奔了，也不会相信你在一个多月里就决定订婚了。"

"说实话，我也愿意和一头熊猫私奔。"沈愿明喃喃道，"可现在不都这样吗，相个亲，就结婚了。"

"你愿意来看看我的长颈鹿吗？"王佳问，"说不定它会认识几头熊猫。"

"定金拿不回来了，请帖也发了。"沈愿明说。

"然后就结婚了？"王佳问。

"相亲，认识，结婚。都是这样呀。"

"你愿意来这儿看看我和长颈鹿的婚礼吗？"

"你在说什么？"

"我也不能理解认识不到两个月就决定结婚这件事。"

"那该怎么办？大家都觉得不错。"

"那我还觉得熊猫更不错呢。"

"你别说了。你知道吗,我的舍友们毕业后都出国了,一个在英国创办了公司,一个在澳大利亚惬意地享受人生,还有一个在韩国呢,她寄给我的泡菜很好吃。"

"所以你的意思是?"

"人生千百种,我取其一捧而已。"

"你可以来看看熊猫,你会很喜欢它的。"

"我们都在人生有限公司,我在二楼找到了个办公桌,桌面擦干净了,电脑键盘也备好了,绿植也装扮好了,取暖机和电风扇也买好了,现在你让我走楼梯去十七楼的露天阳台晒太阳?"

"你到了十七楼之后,也许感觉比二楼好呢。"

"我相信我在二楼的办公室入职时,我有了一份人生保险,而到了十七楼,我不知道我能看见什么。或许只是喝西北风?"

"我正在十七楼呢。"

"我不想和你说太多了,我准备把这件订婚服买下了。"

王佳挂断了电话。世界上每件事似乎都是这样,"嗷呜"起头,"嗯哼"结尾。沈愿明付完了款,问营业员借来了剪刀,想把订婚红裙上的标签剪掉,想想又放下了剪刀。

"七天内退换哦。"营业员在沈愿明的背后说道。

黑猫坐在餐桌的中央——它总能爬上各式各样的平面,矩形的,三角的,凹面的。有时,沈愿明甚至觉得它是一朵黑色的蘑菇,这边开一朵,那边开一朵。你无法吃掉一只黑猫,因为雨天一过,又会有无数只黑猫从泥土里、窗台上、台灯边长出来。沈愿明坐在椅子上,从抽屉里拿出了小半袋猫粮。黑猫依旧在那里,沈愿明从它的眼瞳里看见了自己。

"你把这些猫粮吃了。"黑猫说。

沈愿明一晃神,才知道黑猫并没有说这句话,今天的它,只是恰巧从餐桌中央冒了出来。

"你要喝点牛奶吗?"沈愿明问那只黑猫。

黑猫就坐在那里,毛茸茸的,像披满了苔藓。一看就知道,这只猫活了半个世纪了。

沈愿明在猫食盆里倒满了羊奶。羊奶荡了荡,宛如母羊收起了乳头。

"我想你现在一定想喝羊奶了。"沈愿明对黑猫说。

黑猫定在那里，像一个黑色的阿拉伯数字8。如果它困了，趴在那里，就是那个正无穷的数字符号。猫一定了解数学，也一定精通英文。ABCD、1234的一部分灵感可能就来自猫的睡姿。

"你要是渴了，就自己来喝几口。"沈愿明去冰箱里拿三明治了。

"我想你并不是很期待这个周六。"黑猫说。

沈愿明一转头，黑猫并没有说话。她剥开了三明治的透明塑料壳。

"每个人都会结婚的，这个世界就是如此。"沈愿明说。遵循世界的规则，然后遵循婚姻的规则和人生的规则。世界的规则是白天黑夜，人生的规则是生老病死，婚姻的规则是绝无二心，似乎只要遵循这样的规律，你就可以在这个单薄的世界之外找到自己的饱满宇宙。

"你是想把时间停止在这周五吗？"黑猫说。

沈愿明将三明治塞进了微波炉。黑猫并没有说话。猫怎么会说话呢？

"叮"的一声，微波炉停止了转动。沈愿明觉得微波炉里是另一个时空，它永远停止在了周五，而沈愿明成了那块三明治。

黑猫依然在餐桌中央,她怕它突然开出一朵花来。如果猫能说话,那它也能开花,如果它能开花,那它也能读书、考试、毕业、找工作,如果它能像人类一样生活,那它依然可以像蘑菇一样,这边开一朵,那边开一朵。就像人潮涌动,有的人是头鲸鱼,有的人是块石头,有的人是件陶器,还有很多人,是各种形状的蘑菇。人类知道的,未必比一只黑猫知道的多。蘑菇知道的,人类可能也不能明白。

沈愿明咀嚼着三明治。她想起了,世界上还有种叫作熊猫的动物。

王佳已经到福安了。沈愿明问:"长颈鹿去哪里了?"

王佳回答她:"长颈鹿对我说,它总会在旅途中的某处与我相见。每一条路上都潜伏着大象、狮子、浣熊、海豚、仓鼠等等一系列动物,只要你愿意用心去感受,你会遇到大象先生、浣熊老弟、仓鼠小宝等等奇特的生灵。不要把自己禁锢在方块里,哪怕只是拿快递的路途中,你也有可能遇到一头长颈鹿。"

"我现在还在整理图书,院长想把博尔赫斯写的书摆在角落里。"沈愿明说。

"我建议他把博尔赫斯的书摆在各个地方，印个寻找手册，找到所有他的书的人，奖励他们一本精装本《小径分岔的花园》。这样的话，来图书馆看书的人会更多的。"

"你是想把长颈鹿带到图书馆里吗？"沈愿明问。

"图书馆里本来就有长颈鹿，有不少呢，男的女的，高的矮的。"

"你想来我们图书馆吗？"

"当然，等我走完了这条旅途，还会有下条旅途，途中肯定有图书馆，还有长颈鹿。"

"你为什么喜欢长颈鹿？"

"就像你会爱上熊猫一样，走在路上，什么事情都会发生。"

"走在路上很快乐吗？"

"人生就是走在路上呀，给自己加点糖分吧。"

"你周六不来参加我的订婚宴了吗？"

"我周六在宁冈呢。"

"我会发点现场照片给你的，毕竟我们是朋友。"

"得了得了，要不我先给你发点熊猫的图片？"

临睡前，沈愿明和男孩互道了晚安。她不知道现在该称呼他什么，等结婚后，肯定有一个固定的称呼的。在沈愿明看来，人生就像一列火车，她现在要走到第二节车厢里了，车轮匀速地碾过轨道。

在沈愿明所处的空间里，时间并没有在周五戛然而止。她穿上了订婚服，在酒店里接受着众人的祝福。人们举起酒杯，透明的液体灌入各人的喉咙。他们为沈愿明和男孩感到高兴——起码这个世界上，少了两个孤单的人。

男孩捏了捏沈愿明的白色手套腕部的花丝："那个，我和你说句话。"

沈愿明和男孩来到了试衣间。男孩和她说，今天他的前女友会来，他要和她打声招呼。沈愿明问他，为什么前女友会来他俩的订婚宴。男孩说，他欠那个女孩很多，他们之间理不清这些年的情感，他对那个女孩心怀歉疚。沈愿明反问他，这是他们的订婚宴，他对她心怀什么感情？

男孩还是离开了沈愿明。人们依然喝着酒，品尝着美食。在人群交错中，沈愿明看见了男孩和他口中的那个女孩。一瞬间，沈愿明看到他们变成了一对企鹅。在南极漫长的大迁徙前，他们互相道别。

沈愿明褪去了她手上的白色手套，脱掉了红色的订婚服，穿上衬衫与裤子。试衣间的门快要合上时，沈愿明又推开了它，她从废纸篓里找到了衣服吊牌，平平整整地放在了订婚服的胸口处。如果还能退得掉的话，可能还可以给男孩挽回一瓶酒的损失。

"你在哪里？"沈愿明大声地问电话那头的王佳。

"我在井冈山烤火呢，今天这里有篝火晚会。"

"我把订婚戒指退掉了——"沈愿明又喊道。

"一枚戒指，退了就退了，干吗这么激动？"王佳问道。

"我失去了一枚戒指，是否就可以获得一头熊猫？"

"你得自己走上旅途，找那头熊猫。我这儿可不是失物寻找处。"

"那我可以来找你吗？"

"我在这儿挺好的。你能大学毕业，找到一份好工作，已经很不容易了。从家里出发去单位的路途，也是一段旅途呀，无所谓走了多少步，只要你能体会这个世界，你总能见到那头熊猫的。"

沈愿明并没有接亲朋好友的电话，她站在微波炉前，看着另一块三明治在旋转。

"你并不期待这个周六,男孩也是。"一个声音响起。

沈愿明转过身,黑猫站立在客厅中央。

"你在和我说话吗?"

黑猫没有移动丝毫,它只是在不断变大,耳朵变得浑圆,四肢变得短小,白色的毛钻出皮肤。

它曾经是一只黑猫,有一只暗红色的眼睛,和一只翠绿色的眼睛。

如今它变成了一头熊猫,一只眼睛是太阳,一只眼睛是无边的森林鸟雀。

沈愿明走过去,拥抱着这头熊猫。

银面松鼠

枪响时,我看见了樟树下的羊肝菌,褐色的,掩落在一行青苔和孢子植物里,像布满了血管和大小洞眼的心脏。羊肝菌松茸汤清淡别致,羊肝菌烧辣鸡鲜爽可口。将羊肝菌泡温水两小时泡软发,洗净羊肝菌,剪掉尾部硬蒂部位,切丝切段切粒,小红椒、小青椒、松茸、木耳,锅入油炒香,吊高汤添胶皮,最后加入这些干瘪撩人的小心脏。在枪响后的 0.01 秒,我在脑海里烹煮了一碗羊肝菌松茸汤,一锅羊肝菌烧辣鸡。热气腾腾时,我看见林老师眉毛下的两个弹孔。

林老师拎着我走,脚步尖而细,面孔像一盘铁疙瘩。我敛着脚,大气不敢出。在树枝草丛中,林老师吁一口气,把我松开。我捂着嘴喘,等喘尽了,我往叶子缝外窥看,那三个人已经不见了。我坐下来,想把那些胀破的毛细血管都抻一抻。头顶上的树叶窸窸窣窣，林老师凑了过去。我稳住心神，想起来林老师之前说的，此行多艰。

林森木的一袭白褂，是金大出了名的清汤面。林老师无论是解剖小白鼠还是活剥小白兔，他都能保持上下白净。小白鼠的内脏丁丁卯卯，林森木把不染纤尘的白手套摘下。有些同学骚动了，他们约好去市中心吃火锅的。其他同学无动于衷，把有血污的手套扔进垃圾桶。林森木正正嗓子，想要说什么，又咽了下去。学生之间喧哗起来，三三两两地走出解剖室，林森木还站在那里。小白兔的脚突然抽搐起来。

我答应林森木，半是看在他与我的情谊上，半是看在中医院名额上。林森木选我做课代表，着实让我吃惊，相处了两学期，彼此也有颇多情谊。他经常发来邮件，让我通知学生们该做什么作业。有几次，他还请我去学校音乐吧喝咖啡。谈着谈着他又沉默起来，摘下他随身携带的白手套，放在朝南的位置。阳光落在手套上，闪现着不可思议的乳白色光芒。他说，他女儿要是还活着，恐怕和我一样大了。我不说话，也不发问。林森木一直是未婚的，有了一个女儿，也和我没什么关系。基于喝咖啡这点，相比那些吃火锅的学生，我和林森木，可亲近多了。而临近毕业，工作难找，林森木答应我，陪他这一趟，他可以帮我在中医院弄一个名额。我想，林森木要找的东西不存在，可是名额是存在的。于是，我们坐上火车，来到了平角森林。平角森林几无人烟，主要因为山形凌厉，地势多变，生物、气候、水洼都有不可预测的危险。林森木坚持里面一定有他要找的生物，我嗯嗯啊啊，满脑子想着中医院的合同聘用书。

我们是从铁丝网一侧的空隙钻进去的。这一带是秦岭底下的一条小山脉，山脚下是中国南部，越过去后是中国北部。说实话，我还没去过山那边的黄土高原，想想走出去后，天地黄黄，飞沙走石，心底有一丝蛇游般静谧的害怕，还有蛙行般聒噪的欣喜。我才二十四岁，穿过这座山，我就去看世界了。

穿过几个铁丝网，我们也算进平角森林了。森林里，鸟鸣啾啾，畜脚簌簌，剩下的声音，就是我们踏在落叶碎枝上的咯吱声。林森木老师走在前面，我走在后面。四周有红果子、绿果子、黄果子。偶尔会踩到一些昆虫蚁蛇的尸体，鞋子上多了几行蚂蚁。我靠着树干抖鞋子，林老师说:"嘘——"我定住了,树叶也心照不宣地垂下来。"听。"我悬着鞋子,头顶的树叶上滴了一滴水下来,落在我脖子里,冷而冽。在秉持住的冷战里,我似乎听见了,那个叫作"银面松鼠"的生物。

林老师坚持平角森林里,有他追寻半生的"银面松鼠"。他说,银面松鼠属哺乳纲啮齿目中的一个科,一般松鼠科分为树松鼠、地松鼠和石松鼠等,其中岩松鼠和侧纹岩松鼠两种是中国特有动物,而银面松鼠属于侧纹岩松鼠的近亲,特点是全身银毛,眼睑短小,眼睛明亮,耳尖银毫突出,四肢细长,后肢较粗,指、趾端有尖锐的钩爪。尾毛银亮蓬松,常朝背部反卷。林老师说,银面松鼠较为稀少,只在动植物史书中有记载,一般活跃在秦岭下沿地脉一处。据林老师所说,在平角森林的可能性最大。

平角森林是不对外开放的,但并不妨碍这儿有死人墓。墓有一些年头了,看样子死了很久了。林老师不顾我的恐惧,在前面开山辟路。这儿令人恐惧的不只是墓地,也不只是丰富的稀缺动物引来的偷猎人,更有一些传说,当森林与月亮的角度达到某种180度时,会有不可思议的事情发生。这些都是流传在金大的故事。因此,平角森林常被唤作"秦岭百慕大"。

枪响了两声时，林老师命令我抱着包裹，弓腰前行。枪声离我们不远，看样子那三个人摸准了我们的路线。我低声问林老师，我们会不会被杀。林老师愣了一会，说偷猎罪不至死，但恐怕要我们也沾沾血。我头皮一紧，沾沾血，就是让我们落个把柄在他们手里。也许让我们杀一只熊猫，杀一只羚羊，更或者，让我杀了林老师，让林老师杀了我。任何一种我都是不愿意的。在这荒无人烟的森林里，把我们全部灭口，剖腹取心，挫骨扬灰，都似乎不是那么不合理。

我捂着自己的嘴，小心地踩过蘑菇、葫芦藓、地钱、鹿角蕨。林老师轻挪轻放，我也无声无响地跟着。很快，我们听不见他们嗦嗦嗦的脚步声了。我把心脏泵回胸口。林老师没有放慢脚步，折着手让我过来。除了踩到几只色彩鲜艳的虫子，一切都扑通扑通的，映照着透明的心跳。

下起了小雨。淅淅沥沥，落在树头、枝叶、地面上。天灰蒙蒙的，所有光都是叶子上油亮的水皮。脚下的树枝软了，不再发出"咯吱咯吱"的清脆声。我和林老师披上了便捷雨衣。天往寒里过了，一阵风过，我打了个激灵。天也不早了，林老师从行李里拿出包裹，支起军绿色的帐篷。包裹里的打火机坏了，林老师从随身腰包里掏出一盒火柴，打了几根，终于生了一堆火。我包裹里有一些压缩饼干，就着壶里的水吃。太冷了。林老师不知在哪儿弄了一个青色硬壳的瓜，拿石头一砸，去除瓜瓤，在积水里洗一洗，就成了一个瓢。我们把水壶里的水倒进去，架在火堆上加热。柴火也有点湿，烧起来呛人。我从包里取了路上摘的羊肝菌、松茸，插在木枝上烤。林老师像是着魔似的，告诉了我一个故事。当年，他四岁的女儿告诉他，有一种生物叫作"银面松鼠"，银色的，蓬松的，只要找到它，她就能痊愈。林老师没有当回事，女儿也死了。菌菇的香味蔓延开来。火衬得林老师的脸忽明忽暗。夜空爬满了银色蚂蚁。

我醒过来时，已是晌午。帐篷已经破了。站在我周围的有林老师，还有各持一把枪的三个猎人。高个攥着林老师的胳膊，把他摔在我面前。胖子举起一把枪，瞄准林老师。矮个上前一步，踩住了我的胳膊。高个发话了，今天五个人在这，只有四个走得出去。我看着高个，想必他结实饱满的包裹里藏着不少动物皮毛。高个问我们来这里干吗，我说来找一种生物。高个顿时来了兴致，问是什么。我不说，看着林老师。胖子把枪抵到林老师的太阳穴。我举起手说是松鼠，银面松鼠。

到底我们五个人都走出去了。高个对银面松鼠很感兴趣，他既垂涎于那张小小的、银色的皮毛，更清楚皮毛背后的价值。银面松鼠，多稀罕。亏得这个不知在何处的小东西，保全了我和林老师的命。林老师悄悄对我讲："耿火秋，尽力拖，尽力拖，找准时机开溜。"我暗暗点头，又和高个讲了银面松鼠的习性、作息以及经济价值。高个被我唬住了，用枪顶着我，让我在前面开路。胖子问林老师，这个松鼠会在哪里出现。林老师说，银面松鼠喜阴、耐湿，常常在河流、水洼附近的果树上。高个信以为真，挟着我往河流方向跑。树木开始稀疏，水流声越来越近。

开始，高个捏紧了我，命矮个和胖子上树寻找。过了会儿，他也有点松弛，边骂骂咧咧边用枪柄在树叶中拨，拨出一簇簇没来得及落下的黄叶子。矮个说，看见了，一个银色的小影子。胖子说，他也看到了。高个示意他们小心，别吓着了松鼠。这时，不远处传来"扑通"两声。

林老师在前面游着，我熨在水里，凭着直觉前进，不敢出头。等三个人反应过来了，水里开始冒水花。子弹斜着射进水里，发出"促促促"的声响。我大气不敢出，就往前面游着，子弹擦过了我的腿肚子，有几条鱼扑面而来。

　　向晚了，一轮银盘端在深蓝色丝绒桌布上，几粒面包屑散在周围。好一会儿，我才明白那是个四方形的天空。再把瞳孔往外拓展，是一个棚子。再拓展些，我看见了墙壁、挂钟、悬在半空的一把枪，和一个正在生火的背影。我舒展舒展胳膊，挪开身上的被毯，脚小心地在吊床下摸索鞋子。月光从四方形的天空里倾泻而出，照在我赤裸的脚踝上，像雪山上的小山丘。不知怎的，我心里泛出孩童般的欣喜。

　　月光笼罩着森林，也笼罩着大地、天空，以及半个地球。蝉翼包裹了树叶，云朵飞上了树梢。远处似乎有狼在嗷叫。天上的星星变幻莫测，巨蟹座变成了天蝎座，万物静寂，只有篝火燃烧发出的毕剥声。我朝着那个背影走去，惊起了一片蝙蝠。

　　平角森林里有一栋小屋子，我也料想不到。是谁在这儿生火作息？我攥紧了自己的拳头。篝火升大了，背影的周围，镀上了一层明亮的红晕。我走到他背后，背影还在往篝火里添柴，白色的发丝燃烧成为红色。我酝酿着，开头说什么话。背影喃喃："我已经六十岁了，火秋。"

我看见了背影的正面，是一个疲倦、沉默的老头。眉眼里有几分熟悉，就像离平角森林很远的城镇上，那些一辈子郁郁不得志的老人。他说，他叫岳山岭，和这座森林相处了二十年了。我问他，可知怎么出林子？老头笑了一下，随心，就会走到心之所向。我又问他，有没有看到一个四十岁左右的中年人，他也在河里游着的。老头朝我笑了一下，不置可否。我心里顿时沉了一下。三把枪，密集的子弹，我逃出来了，林老师未必有这么幸运。

老头用青皮硬壳瓜瓢给我盛了一瓢水。我问这种瓜叫什么。老头说，这种野瓜，森林里到处有，不能吃，也没毒。篝火里烤着一些羊肝菌，老头把熟的给我吃。我咬了几口，看着脸部丘壑纵横、炽热而平静的老头。老头跟我讲了一些故事，什么小白兔大灰狼，还有一个小姑娘回家的故事。小姑娘喜欢她的家，喜欢她的爸爸，喜欢她从未露面的妈妈。她画过许多画，都是一些奇妙的景象。她爸爸问她画了哪里，她说那是她真正的家。我问老头，小姑娘画的是什么，老头摇摇头说，都是一些长耳朵大尾巴，颜色奇怪的东西，它们在地上跑啊跑，在树上跑啊跑，在天上跑啊跑……

吃了一些东西果腹之后，我站起来消食。说实话，这里离河流并不远，林子里也非常静谧。除了一些倒挂的蝙蝠，这个林子看上去无毒无害纯天然。月光洒下来，我不觉得恐怖。但想起林老师，也许他已经沉睡在水底，也许他逃出来了，正在某个角落继续寻觅银面松鼠。月光继续洒下来，有一瞬间，我觉得平角森林要飞起来了，它最明亮、最安详的河水，正和月亮拉扯着不可思议的180度。我深吸一口气，拍打着自己的双手，就像起飞一样。

回到小屋子，我看见了屋子旁边一个长方形的坑。我问老头："这个是干吗的，蓄水吗？"老头露出黄色的门牙说："埋水，埋米，埋人的。"我抖了一下。老头问："你来平角森林干什么，不会就为了这一口羊肝菌吧？"

天不亮的时候，老头把我喊起来。昨晚说好的，老头陪我去找银面松鼠。这一带森林他最熟悉。然而我愣住了，他穿着灰不拉几的夹克衫和裤子，而手上，却戴着一双干净、洁白、簇新的白手套。我感到恐怖，不敢去问他。他自己却举起双手说："河面上漂来的。"

鉴于我昨天的经历，老头带上了墙上的那一把枪。他说，来平角森林偷猎的人不少，活着回去的寥寥无几。那三个人见你目睹了他们猎杀动物，不可能轻易放弃找你的，除非他们力竭而死。我咽了一口口水。老头在前面走着，时而折着手让我过来。

越往里面走，植被的色泽越鲜艳，地钱、鹿角蕨也少见许多。我问老头，我们在往哪里走？老头头也不回，说什么生命短暂，世事无常的。我不说话，瞅着周围色彩斑斓、奇形怪状的动植物，心里生出藤蔓，绕着老头手里那把枪。

夜深了，老头支起了军绿色的帐篷。一路上，我们采了不少果子蘑菇。老头在升篝火，我在水洼里洗蘑菇。等篝火冉冉时，我一屁股靠着老头，也靠着老头手边的枪支。老头把蘑菇插在树枝上烤着。我又往他身边凑近了些。我问老头为什么待在这个森林里，老头说，你看到的不一定是真的。老头问我知道平角森林的传说吗？我摇头，说只知道180度的月亮。老头又笑了，问我知道从进平角森林到出平角森林，需要多长时间吗？我摇头。老头笑了说，二十年，整整二十年。小伙变成大叔，大叔变成老头。

篝火升高了，映照在我们的脸上。老头的影子被拉得很长，而我的影子飞到了天上了。蘑菇都烤完了，我又往老头身边凑近了些。老头望着我，我迎上笑脸，说我知道一个故事：有一个小姑娘四岁时得了癌症，她的父亲是一位副教授。病发时,女儿很痛苦,稍微缓和一些时,女儿说,只要找到某种动物,她就能痊愈。如果她死了,让她爸爸带着二十年后的她,找到那个随着180度出现的动物,一起杀了,她就会回来。后来女儿痛不欲生,父亲给她注射了超量的多巴胺,然后把她埋葬在一个长方形的墓坑里。说完,我瞥了一眼发愣的老头,一下子扑向那把枪。正当我快要触碰到那个冰冷的物件时,老头一个鱼跃,踢开了我,架起那把枪说:"去——到帐篷里去!"

森林的清晨异常清新。帐篷外没有人,篝火也成了一堆灰烬。我随着自己的心,往前走着。动植物的颜色逐渐转淡,我脚步凌乱。突然,我听见了水声。前面是那条河,我心知肚明。树木稀少了许多,我似乎听见鱼尾拍打湖面的声音。

站在湖水边,波光粼粼。我想起了那些传说,在平角森林里,渴求越重的人,老得越快。所以几乎没有人能从这里出去。湖面泛起银光。我又想起二十年前的事情。那时我四岁,父亲说,他要出门去一个很远的地方。我问什么时候才能见到他,他说,二十年后,等找到了银面松鼠,我们会再次见面的。

我的身后传来粗重的呼吸声，还有枪托在地上滑动的声音。是高个？矮个？胖子？我不想去猜。呼吸声越来越近，这个声音，仿佛戴上了白手套，把我架在手术台上，打开肚囊，扯开血管，取肝挖心。我不去理会，只是看着静静的湖面。湖面一片温柔的银色，涌动着，涌动着。我知道，那是无数只银面松鼠，在里面游泳。

佛罗伦萨的狗

要怎样才能去佛罗伦萨?

当我躺在椅子上时,我感觉血管里有一条鱼在游动,它时而游进心房,时而游进我毫无表情的面部。

陆医生扶好眼镜看着我。他的眼睛离我很遥远。

"没事,放松。和我谈谈你的问题吧。"

办公室的墙壁很白,白得让人窒息。这么久以来,我第一次感觉到了饥饿。就这么毫无羞耻地饿着。

记忆里最慌乱的那次饥饿发生在六岁时,奶奶去世的那年。老家四面环水,坟地就在小岛上。那是1999年的冬天,我们乘着小船到了奶奶的坟墓前。船没有经过的地方浮着一层薄冰,苍白的日光照射在冰面上,某一刻我感觉到了永生。

仪式从上午一直持续到晚上。没有人顾及我,只专注于他们自己的悲伤与麻木。饥饿感轰隆隆碾过我身体。六岁的我还是知道供饭是不能吃的，但是我满脑子里都是食物。

哥哥出现的时候，我坐在新坟边。地上是无边的荒草，地下是无尽的白骨。可是我很饿。哥哥蹲下来，看着我。我抬头望了他一眼，又有气无力地垂下了眼皮，肚子发出了哀鸣。后来他给了我一把沾满泥土的花生，我瞬间把花生米吃光了。再抬头时，眼里只有哥哥远去的背影。

黑色夹克。白色衬衣。牛仔裤。腰间缠着孝带。

寒风吹过，哥哥的头发飞扬，孝带也在不安分地飘荡着。

那形象存在于我记忆里好多年。那时我还不懂死亡，不懂离别，可是我好像懂得了在人世间流浪的某种风。后来我用整个青春期思考那到底是什么，可是岁月只是沉默不语。

"医生，那到底是什么？"

我把目光扔给了陆医生，他眨巴着眼睛，闪躲过去了。

"这个答案其实没有问题那么简单。从医学上说，恐怕是某种荷尔蒙分泌造成的。"陆医生还想继续说下去，我却闭上了眼睛，张开了嘴巴。

哥哥是我姑妈的儿子，他当时还在上初中。他家住在隔壁的镇子上，有一个大院，院子里有一棵硕大的雪松。哥哥不喜欢读书，就爱在雪松下面耍剑。亲戚们都认为他无可救药了。可是我不这么认为，每次去他家，我都要扮演他的对手，陪他耍剑，然后挑个合适的时间倒下。

姑妈有事，哥哥在我家住过一段时间。我记得那时候电视里在放陈小春演的《鹿鼎记》，哥哥也不练剑了，就坐在电视机前面看。我看见韦小宝的影子在他黑色的眼珠里逐渐鲜活，那是一种奇异的感觉。那天晚上，我背着妈妈在他的粥里多放了一块咸鱼。

韦小宝的故事快要结束时，哥哥要走了。

那天，我放学回来，妈妈不在，哥哥坐在凳子上看《鹿鼎记》的最后一集。我把作业摊在书桌上，准备写作业。突然，电视的声音小了，哥哥的声音悠悠地传了过来："小西，我走了，你会想我吗？"

我不知道怎么回答，这时哥哥已经走到我身边了。他用双手捧起我的脸颊，蒙眬间我闻到了他手上咸鱼的气味。于是我想起了妈妈腌咸鱼的场面，杀鱼抹盐风干，哪个步骤都不能少。腌咸鱼的时候，盐分要不多不少。煮咸鱼的时候，放点花椒会别有一番滋味。我最喜欢看咸鱼被煮得冒油的样子了，可是我不喜欢哥哥现在这样，双手在我的脸颊上来回蹭着。

哥哥的脸越来越大，准确地说，他的脸离我越来越近。我惶恐不安地不知道该怎么办，当他的鼻子快要接近我的鼻子时，他"噗嗤"一声笑了起来。那种感觉很奇怪，就像天气预报说明天晴天，可是第二天却下起了冰雹一样。面前的哥哥的眼睛里全是熠熠发光的冰雹。我僵在那里一动不动。

他的笑声至今还在我的耳畔回响。说实话，从那以后，我好像就对笑声过敏了，这种笑声不是微笑，不是哈哈大笑，就是一股气从胸腔里钻出来的那种笑。到现在我都怕。

"你有怕的东西吗？"我转过头去问陆医生。

陆医生仿佛知道我要问这个问题一样，不假思索地说："每个人都有软肋，都有惧怕的东西。比如说我怕蛇，你怕蟑螂，这不是什么见不得人的事，它平常得如同我们的头发。"

这个答案，其实我不怎么满意。我的目光又粘在了白色墙壁上。

后来我们搬家了，搬到离老家很远的地方。回老家过年的时候，我还是会碰到哥哥，他个头蹿得越来越高，鼻子也变得笔挺，唇边长出了黑色的茸毛。见到他，我还是会想起他的笑声。浴室里的水汽升腾的时候，阳光落在我手指尖的时候，漫漫长夜睡不着觉的时候，我总会想起那笑声。

我们搬到了一个小城市。我的乡村口音让我无比自卑，我努力改变自己，可总是觉得自己不被大家接受。后来我们的语文老师休产假了，代课的是我们的教务主任，姓林。他的头发有点卷，经常站在天台上吸烟，所以手指间有点黄。

现在想起来，小学的语文课十分简单。林老师让我们挨个儿朗读文章，每个人负责一段，按照座位顺序读。轮到我的时候，我支吾着开不了口，林老师静静地注视着我。当我读出第一句的时候，有同学笑了。第一句话里"佛罗伦萨"这几个字很拗口，于是我念得更磕巴了。林老师没有打断我，一直等着我。

一段话好长。

我坐下来了，后面的同学站起来。后面的同学坐下了，他后面的同学又站起来。我一直红着脸。下课了。

课间同学们嬉戏打闹的声音盖过了我内心的啜泣声。不，我没有哭。林老师不知何时出现在我的身边，他的声音很好听，他说："陈维西同学，放学后来一下我的办公室，508室。"

"如果我没有去，也许就不会来找你了。"我像是自言自语。

陆医生拿着一支笔不知道在写什么，我很想看一眼，但是身子已经深陷在沙发椅里面了。我垂下了头。这时窗外刮过一阵风，风声传到我的耳朵里，我心里某根紧绷的弦松动了。懒懒的，发不出声音。

"无论遇到什么，都要避免'如果'。既然已经发生了，就坦荡地接受。无论是什么。"陆医生把十指交错在一起，饶有兴趣地看着我。风过去了，心里一片乐声喧鸣。

"林老师不在，"同办公室的老师对我说，"去天台看看。"

他果然在天台上，夕阳给他的身体裹了一圈金边。他背对着我，手指缝里轻轻夹着一支香烟，冒着丝丝的烟。天台底下的孩子们吵闹着，家长们在校门口等着他们出来。我怯懦着，不敢靠近。

他很快就发现我在身后了。

他走过来的时候,我想起了哥哥的笑声。忽远忽近,忽大忽小。

"陈维西同学,跟我来。"林老师的声音打断了那笑声,我随他走到了他的办公室。

"这是普通话教程,每天读一篇,要早上读。后面还有磁带,有录音机的话要多听。"林老师手里拿着一本书,还挺厚的。我接过去,很沉。接过去的时候,我脑子里满是"佛罗伦萨",这个词对我似乎有着致命的吸引力。

那天,我连"谢谢"都没有说。我的脑海里全是哥哥的笑声,让我听不清林老师后来说了什么。当我快要走出办公室时,我回头了,夕阳不知什么时候也移到了办公室。林老师金色的面庞,成了我最难忘怀的记忆。

后来,我每天都会朗读,在这个城市的一间出租屋里。出租屋的隔音效果很差,每次我一提高音量,隔壁那对母女就会敲打墙壁,说:"声音小点!"我的声音就变得喑哑,可是当林老师金色的面庞浮现的时候,我又不自觉地提高了音量。

语文老师很快又回来了。我的口音也在一点点地改变,同学们不再嘲笑我了。当时我是班里的班费小队长,班主任把我叫过去，让我负责买一张给林老师的贺卡，感谢这段时间他对同学们的照顾。

我顿了一下。陆医生抬起了头，还是一贯平静的面容。墙壁也白得很平静，就像没有涟漪的湖面。

病房里非常安静。我紧紧抿着嘴唇，陆医生开着的电脑也不再发出那种低沉的轰鸣了。世界仿佛停止了一样。

良久，陆医生笑了一下："继续说吧。"

我深吸了一口气。

我在学校旁的小店看中了一款贺卡，彩色卡纸上垂挂着各色的铃铛，标价是十元。可是班里之前各种活动的支出很大，班费只剩下八块五毛钱了。对一个孩子来说，一块五可以说是一笔巨款了。

后来送贺卡给林老师的人并不是我。听说林老师很开心。可是我没有看到。

缺的那一块五，其实是我偷的。也不算偷，只是从爸爸的钱包里拿出了一些钱而已。一块五可以买八个包子，五块烧饼，三根肉串。

现在我还是不觉得羞耻。真的。那时爸爸还因为丢了钱难过了好久，可是我不觉得羞耻。

后来，每天放学我都会从天台底下的路走。被他看上一眼，是那时的我最大的愿望。

林老师后来再也没有教过我们，可我越来越想去佛罗伦萨了。

我听见陆医生发出一声轻轻的叹息，于是不说话了，愣愣地看着他。

病房里，是无限的苍白与寂静。病房外，是满世界荒芜的风。我注视着陆医生，陆医生没有抬头，在纸上写着什么。

有一瞬间我是想喊住他的。不知道为什么，我想停止世间的一切，停止太阳升起，停止风儿刮过，停止陆医生飞快的笔触。我只要停止一秒钟。

我也叹了口气。没等陆医生抬头，我继续说了下去。

那年的廉租房涨价了，我爸妈不知道该怎么办。那种破房子谁稀罕！隔音效果那么差，每回遇到隔壁那对母女，她们都拿白眼看我。

廉租房旁边当然也都是廉租房，住在这里的人鱼龙混杂。某天放学后，我遇到了一个满脸胡子的叔叔。

他在楼下蹲着吸烟，我记得很清楚。我从那儿经过，他吹了声口哨，我转过头望着他。

他把烟头扔了，走过来挽住我的胳膊，问："你知道白老师住在哪里吗？"

我摇头。

我几乎是被他拎了起来。就这样迷迷糊糊地跟他上楼了。

"你陪我找找白老师吧。"

那时我还没有感觉到一丝危险的气息。这个叔叔的臂膀很有力，抓着我的胳膊，很疼，就像铁爪一样牢牢地扣住了我。

从一楼到顶楼，我被他拎来拎去。他一边走一边说，他也不记得是不是在五楼了，好像白老师不住在这里。最后他说，他去洗个手。

他洗手的时候，都没有放开我。那时我的大脑一片空白，只有哗啦啦的水声。

到了三楼的拐角处，他的手终于放开了我。他走到我面前，用不知什么样的眼神望着我。那种眼神很久以后我才明白。但那时，我并不害怕，我感觉自己好像真的来到了佛罗伦萨，来到了属于这个名词的地方。

他的手放在我胸上的时候，我还是不害怕。虽然我才上四年级，胸部已经微微隆起了，就像两个突兀的小山丘。而他，正走在这两座山丘上，自然得一点都不过分。

他的手，温度刚好。

我不记得这过程持续了多久，好像很短暂。楼上有锁门的声音，随即脚步声近了。他似乎有点慌张，那时我才感到一丝害怕。脚步声越来越近的时候，害怕也越来越浓郁，那种感觉如同滴在宣纸上的墨水，越来越巨大又越来越暗沉。

我飞快地下了楼，没有回头，一口气跑回了家。

"陆医生，这件事我对谁都没有说过。好像没有发生过一样。"我把头埋在沙发的棉花里面，"对，就像没有发生过一样。"

"医学上，称为'童年创伤'。很多人都遭受过这种伤害。只要积极治疗，很多人都能摆脱这个阴影……"

我没有继续听陆医生讲话，因为脑海里突然出现了林老师的形象——金色的轮廓，温柔的眼睛。突然，脑海里出现的哥哥的笑声打破了我的一切幻想。我猛地睁开了眼睛。陆医生看着我，似乎在等我说下去。

后来那个叔叔被抓住了。被抓住的时候，现场还有个和我一样大的女孩。没有人告诉我她是谁，一直到离开廉租房，我都没有打听到。

期末的时候，我去找了林老师。那是周五的傍晚，同学们都欢天喜地地回家了，林老师的办公室里没有其他人。

我出现在门口的时候，林老师的表情有点疑惑，当然只有一瞬间，随即他脸上的线条松懈下来。夕阳的光围绕着我，无限温柔。

我没有说话，林老师把手中的钢笔塞入钢笔帽中。不锈钢钢笔闪烁着夕阳的暖光。

"陈维西同学，你的普通话练得怎么样了？"夕阳坠落在他闪亮的眼睛里。远远望去，他的眼睛里有着"佛罗伦萨"的诱人光泽。

我没有说话，只是走到了林老师的身边。桌子上是试卷，他的批改字迹娟秀得如同一个女子。我看见那个字：各。后来我学了点书法后才知道那是行楷的写法。这个字只有一个笔画，浑然天成。

我久久地站着不说话，林老师说了什么我记不清了。我的右手不停地在裤管上重复着"各"的写法，终于做到了一笔完成。当我再次抬头的时候，林老师看着我，手悬在半空。那瞬间，我用右手抓住了他的手。

我没有仔细看林老师的反应，就把他的手搭在了我微微隆起的胸脯上。

他的手有点凉。

林老师抽走了他的手。后来，我再也没有去办公室找过他。没有人知道这件事，嗯，就像没有发生过一样。但是我永远记住了他金色的轮廓，在那温柔的光芒里。

我又陷入了沉默里。陆医生看着我用手指在空气里画"各"字，一遍又一遍。

"人啊，相见产生的是缘分，相知产生的就是龃龉了。"陆医生难得说出了我听得进去的话，我停止了手上的动作。

陆医生手里也有一支钢笔，但是只有日光灯反射在上面冰冷的光芒。一切似乎又静了下来，哥哥的笑声又一次在耳畔回响。为了免于陷入这种恼人的声音里，我又开始了我的讲述。

两年后，我升入了外国语初级中学。这所学校在市里排名并不高，但也还说得过去。我歪打正着地进了实验班，排在倒数第三。实验班里的人个个都以上省重点高中为目标，可是我却不想学习。

我不记得大叔是怎么出现在我们学校里的了，反正他就是出现了。那是一节实验班学生难得的体育课，我站在阳光下，有点头晕。实验班的学生们个个都躲在树荫下面，讨论着课后的题目。老师去了传达室，我的眼前有几个人影在晃。等我醒过来的时候，大叔用拇指紧紧捏住了我的人中。

旁边其实还有好多人，都是一些熟悉又陌生的同学。我的眼角不小心渗出了泪水，滚烫的。后来大叔问我为什么流泪，我说，因为太阳。

体育老师也来了，他和大叔搀扶着我去了医务室。后来大叔就走了。

我记起来了，大叔那天是在篮球场上打篮球的。没想到大叔四十几岁了还在打篮球，至今我都觉得不可思议。

我和大叔的缘分没有结束。学校准备举办运动会，恰逢建校三十周年。运动会上，每个班都需要一个领队，就是俗称的"礼仪小姐"。班主任不知怎么想的，推荐了我。

我的时间一下子宽裕了很多，每天不用上晚读课了，有老师组织大家在篮球场旁的空地上进行礼仪训练。抬头，挺胸，手握标牌。我的目光总是时不时地落在篮球场上，很奇怪，我一眼就看见了大叔。他的皮肤黝黑，眼睛明亮。

我分明看见了林老师的轮廓。

也许是乏了,我坐在椅子上伸了个懒腰。陆医生的影子投在地上,就像一个暗灰色的怪物。不知怎的,出现了一只飞蛾,围绕在灯管周围,发出刺啦刺啦的声音。我和陆医生的目光一起聚焦到它的身上。

我开窗,把它放了出去。

飞蛾离开的时候,我又开始讲故事了。

大叔一般是下午两点来,我早就暗中观察到了。那节课是语文课,我没有和其他人讲,独自跑出来了。

我看见他已经在篮球场挥汗如雨了。我买了一瓶冰镇矿泉水,然后默默坐在了篮球场外的椅子上。

一场结束了,大叔气喘吁吁地走出篮球场。我迎了上去,把矿泉水送到了他手里。他一愣,然后轻松地接过去,说:"怎么,就用一瓶矿泉水报答我?"我说不出话来。

后来我就经常逃课了。班主任问我为什么不来上课,我说要去训练领队礼仪。不知道他有没有去核实,反正他也不是对每个人都上心的。

谣言四起。周围的同学都开始对我指指点点的,可是我在大叔明亮的眼睛里看见了属于我的光芒。和他在一起,我不再那么频繁地想起"佛罗伦萨"了。

我不知道大叔是做什么工作的，我只知道他家挺有钱的。他的老婆是个大老板，长得还蛮清秀的，在她打我之前，我是这么觉得的。

我不想说她打过我，因为我对她的印象不错。她有两个孩子，公司大大小小的事也都是她一个人在打理。那年她准备把远在安徽的爸爸妈妈接到别墅里来，但她的父亲突然得了重病死掉了。那时我还不懂死亡，也不懂对大叔是什么感情。我只知道她很伤心，她一个人开车绕城市转了五圈，而那时大叔在和我看电影。

那时我才初中啊。

这次的停顿我是无意的。好遥远，"初中"这个词让我感觉好遥远。大叔的形象也好遥远。我像是一个人走向远方，而回忆与周围的景色一起，迅疾而无情地掠过了我。

陆医生没有说话。我知道我做错了很多事情，我知道什么不应该做，我知道你们会怪我会指责我会说这说那，于是我只好沉默。

这沉默没有僵持多久，陆医生用一个普普通通的微笑化解了这僵持。陆医生虽然四十岁了，可是发际线还没有后移，他的嘴角坚毅而有力。恍惚间我看见了林老师金色的轮廓，可是一眨眼，我又滑到了我的故事里。

那时我天真地等待着大叔。他说，我是他遇见的，世间最美好的女孩。他说，等他几年，我们会有结果的。为了这个念头，我坚持了好多年。

我的十六岁生日，大叔带我去市里的米其林餐厅吃饭。我骗爸妈说要去补课。这么多年我都不知道他们知不知道我在撒谎。大叔点了鹅肝和牛排。鹅肝很腻，红酒太辣，那是我唯一的印象。

那天大叔没有送我回家。米其林餐厅旁边有一家装饰得很好的宾馆。喝了红酒的我晕晕乎乎的，大叔送我去了那儿。那个房间很白，墙壁是白的，就像这间屋子的一样，床单是白的，窗帘是白的，就连灯光也是白的。看见那白色我就清醒了过来。

大叔说他去洗澡。水声盖过了我出门的声音。

是的，我走了。这城市灯红酒绿，我站在车水马龙里，好想去佛罗伦萨。

我没有带钱，走得匆忙，我的书包还在宾馆里。一辆辆车在马路上奔驰，我生出一股冲动，想跑到车子中间，任命运把我抛向远方。在我这么做之前，一对母女从我身边走过，女儿牵着妈妈的手，天真地指着天上的一只孔明灯笑着。

可以这么说，是那忽明忽暗，在无人能及的高空散发着温暖的孔明灯救了我。孔明灯越来越小，却越来越亮。我在我十六岁那天，终于开心地笑了起来。

说着说着，我笑了起来。陆医生嘴角也有残存的笑容。电脑嗡嗡地响着。夕阳透过窗帘照射进来，整个屋子正在慢慢变红。

就像那天的孔明灯。我的嘴角泛起了淡淡的微笑。

那晚我没有回家，大叔也没有找我。我在马路上走了很久，最后找到了一家肯德基。我在那儿坐了一夜。我没有睡着。我想了很多，想哥哥，想林老师，想大叔，想佛罗伦萨。大叔其实有一个女儿，很可爱，见到我就叫我姐姐。那晚，我特别想流泪。

直到早上我离开肯德基，我的泪水都没有流下来。

后来我爸妈就对我抓得很紧。中考要来了。

她也来了。

她开着崭新的奥迪汽车，穿着一身名牌服装，口红是最新款的香奈尔。她径直向我的教室走来，走廊里满是高跟鞋踩踏地板的声音。我的第六感告诉我,那是冲我来的。

她一把抓住了我的头发,我被扯到了教室外面。同学们纷纷站起来看戏。没想到这么小巧的女子有那么大的力气,我的头发被扯掉了好多,身上也有了瘀青。

校方很想封锁消息,可是记者来了。我当时心一横,随他们怎么写吧。校长找我谈话了,老头子啰啰唆唆的,我觉得好烦。也许是我的态度激怒了他,他劝我退学。

妈妈去求校长。看见哀求的她,没心没肺的我突然感觉到了心疼。不过那只是一瞬间的感觉。老头子虽然倔,但最后还是答应只记过处理。

说实话,我有点失望。也许全世界与我作对时,我才有那种悲壮的英雄般的感觉。我宁愿被枪毙,也不愿去坐牢。这种想法没有人知道,但在我深夜回首往事的时候,会折磨得我整宿整宿睡不着。

嘴里的声音停止了,我望着天花板。我已无数次这样仰望天花板了。陆医生咳嗽了一声,我把目光转向了他。

"这么说,你可能还有一点自虐倾向。"他说。

陆医生抬起了头,这下,我和他的目光厮磨了一阵。虽然有点火花碰撞的意味,但我还是觉得无趣。也许继续讲下去我才能振奋起来。

我的爸爸妈妈逼着我和大叔断了联系，然后逼着我学习。

我考上了一所寄宿学校，不能算"考上"，因为只达到了交钱的分数。可是爸妈还是很高兴。

当然，我和舍友的关系并不好，她们总在学校里散播关于我的谣言。开始时我想反击，后来发现我没什么朋友可以帮我。我想到了大叔。

爸妈每个月都会给我打生活费，我一天只吃一顿饭，用攒下的钱偷偷买了一部手机。宿管每天会派值日生查房，每次我都把手机藏在一大堆脏衣服里。那段日子，我靠偷偷和大叔发短信才挺过来。

大叔从来都没有问过那晚我为什么要走，也许这就是我喜欢他的原因。我也没有问过他老婆的事。就这样，心照不宣。

那天我的手机被查到了，发现我手机的值日生是个男生。

我不喜欢早操，所以早操时我总是躲在宿舍走廊尽头的厕所里。正巧那天我早早就回宿舍了，打开门，就看见那个男生在翻我的脏衣服。

我大叫了一声，可是已经晚了，他已经拿起了我的手机。

"我，我听到了响声。"男生愣了一下。我这才想起来我忘了关手机声音。

我上前一把抢走了手机，说："不许说出去。"

那个男生果然没有说出去。后来他找过我几次。

记得最清楚的就是上体育课那次。一周一次的体育课，我总会待在树荫下思考人生。他找到我，问我："我和几个人要组个乐队，你当主唱好不好？"

我问他："你怎么知道我会唱歌的？"

他说："我打听到的。"

忘了说了，我在初中的时候，确实会在晚会上吼几嗓子的。

我拒绝了。那个乐队到我毕业的时候都没有组建起来。我拒绝的时候就想到这一天了。

"真是可惜。如果以前的你善于表达一点，就不会像现在这样苦闷了。"陆医生坦诚地看着我，就像当时那个男生一样。我受不了，转过头去。

我的故事要接近尾声了。

高二快结束的时候,大叔给我发短信说,他们全家要移民加拿大了。不知道是不是他老婆的意思,我也不想问。

我翻了墙。在此之前,我把口香糖粘在了摄像头上。

大叔看起来更老了,肚子也凸了出来,看来已经很久没有打篮球了。虽然我们在短信里相谈甚欢,但面对面坐在一起的时候,我也不知道该说什么。我们就在肯德基坐了一下午,夕阳照射进来的时候,我又看见了那个金色的轮廓。那瞬间,我好想再一次遇见他们,遇见哥哥,遇见林老师,遇见大叔。如果可以重新来过的话,会不会还是这样的结局?

那是我最后一次见到大叔。虽然临别时,他答应明年回来参加我的升学宴。

那是我生命里最安静的一年。这一年,我明白了有比青春更残酷的事情。身边的每个人都在吭哧吭哧地学习,没有人跟我说话。只有那个男生偶尔还会来找我。我们是朋友吗?我问自己,这也是在我的升学宴结束后,我对他说的最后一句话。

我考上了二本。爸妈很高兴,大张旗鼓地准备我的升学宴。被邀请的人有很多,亲戚里有哥哥,老师里有林老师。大叔只是发来了短信，祝我今后一切顺利。影响我一生的人们终于在这天有了交集。可是参加升学宴的那晚，我觉得自己离佛罗伦萨好远，好远好远。

那天，我爸妈喝了很多酒，我也喝了很多饮料。哥哥对着我笑，林老师对着我笑，我也只好对着自己笑。我不知道该对他们说些什么。结束后，众人离开了，爸妈收拾着残局，我拿起一瓶剩下的酒，一饮而尽。

哥哥的笑声，林老师的金色轮廓，大叔的短信内容。我晕晕乎乎地下了楼，眼前站着一个穿着白T恤的男生，就是找我组乐队的那个人，他说："结束了，来唱首歌好吗？"

最后我有没有唱歌，我不记得了。我只记得那是一间隔音很差的屋子，男生和他哥们儿眼睛里满是梦想的光。

我的故事结束了。我望着陆医生。

陆医生似乎意犹未尽，顿了一下，说："放心，我会治好你的——"他没有说完，我已经站在了他的身边，吻了他的脸颊。

"夕阳真好啊。"

我离开时，陆医生依然错愕地看着我。

世界温暖得如同一杯白开水。过几天，过几天就去佛罗伦萨。突然，我想起了还小的时候，看见夕阳下的一只狗，它对着一棵树，扬起了金色的腿。

青蛙公主

你要相信,有时候,一个群租房里,两个姓董的人会成为邻居。董雪君料不到自己会遇到董小宛,估计董小宛也是。两人要好了一阵,董雪君考上了德城东桥镇的公安局,单位分了宿舍,她就搬走了。后来小宛也搬走了,去了姓董的人该去的地方。

董雪君相信董小宛过得很好,董小宛也这么想董雪君。董小宛有十二条碎花长裙,十二支颜色深浅不同的红色口红,十二个叫不上名字的男友。董雪君只有十二支电动牙刷。做邻居那会儿,董小宛总是说,男人不会因为你牙齿白就吻你。董雪君说,你不会因为被男人吻多了而牙齿变白。董小宛说雪君是嫁不出去的。董雪君说,那你呢?什么时候嫁出去了,我给你包个大红包。

这个大红包比想象中来得更早一些。董雪君正在处理东桥镇春季安全总结汇报材料时，董小宛发来了微信：雪君，在吗？下周我结婚。董雪君犹豫了一会儿，看了看手机日历。四月了，到下一个四月还要十二个月。董雪君被这个念头吓了一跳。她从不是伤春悲秋之人，却在这个时候下起了绵绵细雨。雨是细的，是缎的，是绸的，是滔滔有声的。它下在她的心里，说要下到来年的立春。立春也好。董雪君铺开自己的身子，陷入木椅里。等到了初夏，大暑，秋分，冬至，都没有此时失落。每个人都在等待清明，为他人献花，为自己安身。

董雪君想了想，没有回。董小宛有十二支不同红色的口红，断了就扔了。董小宛有十二条碎花长裙，冷了就穿不成了。董雪君有十二支电动牙刷，无论是一月或是十二月，充了电都能用。可是，小宛的十二个前男友往那儿一站，那架势，那威风！打篮球的那个最高，做律师的那个最帅，戴眼镜的那个有哮喘，喜欢吃阳春面的那个最可爱，足足的十二金钗。以前小宛总是说，要不律师做薛宝钗，眼镜男做林妹妹，剩下的让他们各回各家，各找各妈。董雪君在一旁侧击说："宝哥哥心仪哪个？"小宛掰着她的手指头说："你知道《红楼梦》为什么动人吗？"董雪君摇头。小宛眨巴着她的眼睛说:"前世与来世,都付笑谈中。"

春季安全总结会结束时,董雪君才又想到这档子事。距离董小宛的结婚邀请已过去三天。没事,要到下周呢。董雪君拿起手机,翻开微信聊天记录,小宛还是那个头像,一只青蛙。小宛说,她就是青蛙公主,她要索吻,从来不会有人拒绝。也巧,董雪君下载了小游戏《旅行青蛙》。给游戏里的青蛙准备行李时,董雪君总是想起小宛。想起小宛时,董雪君发现自己的心里突然变得好温柔,就像电动牙刷那样温柔。现在,她只能温柔地翻着小宛的朋友圈。这半年,她把自己嫁出去了,还去了好多地方。云南、青海、日本、柬埔寨。穿着她各色的碎花裙,涂着深浅不一的口红。某个瞬间,董雪君突然想变成小宛面前的相机。

董小宛不是那么容易放手的人。在董雪君整理好会议记录后,她发来了第二条信息:我租了车,晚上六点出发去普陀山,就我一人,你来不?董雪君一个不留神,差点跌了手机。现在是周五下午五点二十四分,还有六分钟就下班了,还有三十六分钟就到六点了。要是办公室主任让她加个班,那绝无可能了。她回董小宛:要问下主任。

办公室主任没有让她加班，董雪君感到失落，更多的却是狂喜。这种感觉，就像2008年大雪，他们年级期末考试时，监考老师走上台，说："同学们，做完卷子，咱们就放假了。"当即，前面两个男孩撕了试卷，扬上半空。监考老师一笑："你们两个，假期回来补考。"和别人一样，董雪君是狂喜的，但也有种失落，恍若雪悠悠扬扬地落下，不知落到了哪里。

董雪君回复了微信：六点？太早了，我还要收拾呢。

小宛立马来了一句：早什么，说走就走。

董雪君回了宿舍，收拾了一个背包，拿了钱、衣服、洗漱用品，就到了后门等董小宛。小宛豪气了，居然租的宝马。BMW宝马。董小宛老是和她说，这时代不同了，没有白马王子，我们还有宝马王子。白马已经去动物园了，我们要看到宝马、萨其马、玛丽苏的重要性。这么说，没有宝马，咱还有萨其马吃，没有吃的，咱们还有玛丽苏意淫，差不了的。董雪君觉得她说的在理。这辆宝马，租得也在理。

三句话不出，董雪君坐在了金色宝马5系的副驾驶座位上。一落座，小宛就朝她身上喷了一阵香水，说："去去警察气。"董雪君刚要说话，小宛又抢白，"社会关系上,我是平民,你是警察。可咱们今天呢,说好了的,我既不是准新娘,你也不是官帽儿,你就是董雪君,我就是董小宛!"说完,小宛朝董雪君抛了个媚眼,咬了咬红唇,"今晚,是我们的。"董雪君笑了,小宛还是那个小宛。

宝马开出了德城,一路往南方去。晚风轻,暮色紫,夕阳圆润,月弯勾。董雪君妥帖地偎在副驾驶座位上,感到一阵阵的,像泉水拂手般难言的恩惠。仿佛是天地的赐予,仿佛是人为的信赖。缺席天际的太阳,顿首浮云的月亮,一切都庄重地、深情地、纯白无瑕地凝视着她们。她们是垂枝的浆果,是大地阵痛产下的卵。风往她们的身体深处去,涉过慷慨的骨、热泪的海、失落的山丘、彷徨的无尽长廊,它终于抵达了,在不为人知的蹉跎背后。

"你知道吗,老顾睡过十二个女人。"小宛松开左手,搭在车窗边沿。

"你是说……顾方万?"董雪君也松开了脑袋,望着小宛的侧颜。

"结婚前,他和我坦白了。"小宛的侧脸看不出任何表情。

"你介意吗?"董雪君坐直了身子。

小宛没有说话,她从中间的车道变到了左车道上。

"雪君,你做得对。人必须买电动牙刷,把牙刷白了,天天也过得开心。"

董雪君转过了脸,她想起有两支电动牙刷已经坏了。最近,她想买韩国那个叫"露娜"的洗脸仪,仿佛把自己的牙齿、头发、毛孔清理干净了,她才能面对这个世界。不行,还要准备面膜、发膜、护手霜、身体乳,作为一个会空手道、跆拳道、擒拿术的在公安局上班的小姐姐,这些在别人看来是多余的。董雪君不会告诉别人,她朋友圈里不仅有日韩代购,还有欧美代购,她们都说,你喜欢的人,不一定属于你,你喜欢的东西,只要出钱,就是你的。她们说得多对啊,还是想想要蓝色的,还是粉色的露娜吧。

"我常用的电动牙刷,它的塑料纤维很柔软,坏掉的那两支牙刷机芯不好了。就我而言,我觉得飞利浦的就不错,不损伤牙齿,也不损伤牙床,不仅能刷干净,还能给你按摩。每支电动牙刷,都可以转换强弱模式,开关就在牙刷柄上。充电干电池、牙刷头、电池盒、套筒,你都要好好爱护。除了刷牙,你还可以按摩牙龈,轻轻敲打牙龈,促进血液循环,对牙周炎、牙龈出血都有很好的治疗作用。"

董雪君面前伸出了无数支电动牙刷，东南西北，上下左右。每个牙刷上都有一个微小的神，它们眼睛明亮，四肢铿锵。突然，董雪君看到了自身的云顶。若是死去，若是即刻死去，绵柔的云，逐渐阔大的星颗，凹凸的月，那些都是死去后要完成的事。

"前段时间，黛玉来找我了。"董小宛突然长舒了一口气。

"你说的不会是那个眼镜男吧？"董雪君思考了好一会儿。

"他说他什么都有了，房子、车子、票子，连病都有了。"董小宛放下悬挂的左胳膊，"他去年结婚了。现在，公司外派他去美国待上三年。我说恭喜你哈。他叹气。他说美国的三年和中国的不一样。我问有什么不一样，他说中国的月亮走一圈要思乡，要把酒，要暗香浮动，要近水楼台，美国就不同了，只要六便士。我说你怎么还是那样。他叹了一口气，说要还是当年，他也不会是那无情之人。我说你多大了。他说当时明月在，却照不到归人。我问他到底什么意思，他居然哭了。"

"哭了？"董雪君不客气地笑了，"棒。"

"他们的微信，我都没删，"董小宛放慢了速度，变到了中间车道，"宝钗发了。他接了一宗离婚案，没想到那要离婚的富婆看上他了。那家伙刚去律师事务所实习时，晚饭都只吃煎饼果子，而且是不加蛋的，你懂的，就是干面，生菜，还说要多抹点酱。转正时，我请他吃了必胜客。12吋的牛肉比萨，青椒都没给我剩下。回到家就抱着马桶呕。我说他自作孽。他说以后酒局多着呢，习惯习惯。"

两个董小姐都沉默了。

"其实，我自己能好到哪里去呢？"董小宛沉下身子，背部形成了一个完美的弧，"因为大家都不是好东西，所以才聚在一起。当然，雪君，我说的不是你。你说老顾，就是那个土豪，一张手，情人节5200，三八妇女节8800，你可能觉得他很大方，可他同样可以送其他女人5200，8800，加起来不过一顿晚饭的事儿。我就这样把自己交代了。雪君，我不懂，我真的不懂。每个人都向往这样的生活，有吃，有喝，没有后顾之忧。可是，人是真贱，得不到就痛苦，得到了就无聊。雪君，婚姻并不是另一种形式的爱情，它只是伪装了的侥幸。为了活下去，我们创造了世界。为了创造世界，我们要走进婚姻，让更多人活下去。"

董小宛不说话了,董雪君看着前方。马路宽阔,前方并没有车。突然,小宛鸣了笛,声音悠长,宛如心碎。

在星辰还没有燃烧完毕前,董小姐们到达了山脚下。这里是普陀山,这里是浙江的普陀山。董雪君不知道自己为何要加上"浙江"两个字。或许江苏也有普陀山,北京也有,上海有,西藏、海南、内蒙古都有。只要心虔诚,菩萨是不会在乎落身地的。神创造失去,是为了引出后悔,神创造后悔,是为了成就虔诚,神创造虔诚,是为了让我们对自身的苦视而不见。

普陀山的大门已经关闭,她们从边门上山。没走几步,董小宛突然跪了下来。董雪君问她怎么了。风一阵阵地拂过小宛的额发,她的眼睛闪着不一样的烁亮,说:"菩萨在那里。"顺着她的眼睛看过去,雪君看见了那座三十三米高的南海观音立像。天如同蓝丝绒,云好似锦葵棉,观音端站,月满肩。一瞬间,董雪君感到了山摇地动。她想到她在这世上活了二十五年了,她想起她母亲生她时,下起了小雨,她想起她过世的爷爷和她听不见声音的外婆,她想起了童年迎风的丝巾,少女时代两块钱一张的磁带,高考时猝不及防的感冒,褐色的地、青色的树、五彩的糖豆、透明的无穷。她想起了好多。原来岁月流逝，我们一直与我们所珍视的东西背道而驰。

许久，董雪君从地面上起身，天际闪烁着零零星星的光点，仿佛细细的霰雪，仿佛天惠时刻。小宛凑过来，拉着董雪君的手说："我们去那里请三炷香吧。"

在普济、法雨、慧济三座寺前，小宛仔细地磕着头。董雪君望着她，感到了陌生。董雪君一直相信董小宛过得很好，她有十二条碎花长裙，十二支口红，十二个叫不上名字的男友。董雪君只有十二支电动牙刷。做邻居那会儿，董小宛总是说，男人不会因为你牙齿白就吻你。董雪君说，你不会因为被男人吻多了而牙齿变白。董小宛说雪君是嫁不出去的。如今，那十二条碎花长裙，成了妇人的裹脚布，那十二支口红，成了记忆里可有可无的蚊子血。她的十二金钗，那架势，那威风，也只能装得下六便士的月亮，12吋的牛肉比萨。

出了寺庙门，她俩歇息在一棵菩提树下。董小宛仰着面，望着天上的星星，放空自己，放着放着，她十指颤动，似乎在弹奏一首钢琴曲。

"小宛，你还会弹钢琴？"董雪君从包里掏出口香糖，给了她一颗。

董小宛看着口香糖,恍若看着天上的星星坠落,变成了她手上的陨石。

"不会,"董小宛突然吸了吸鼻子,"我也很期待自己会弹钢琴呢。说实话,我有很多很多期待。比如宝马,比如萨其马,比如玛丽苏。可是,有些时候,难免觉得有些东西并不重要。就在那些时候,就在现在,我期待我能弹钢琴,我能跳舞,我能写诗,我能给自己唱首歌。"

董雪君伸出手,把小宛额前的碎发顺了顺,她感到了熟悉的温柔。她感到自己在下雪,大的、小的、六边形的、五角星的。2008年的大雪,原来还在。她想起了撕试卷的那两个男孩,一个去北漂了,一个成了车间工人。过往的岁月,只是我们人生的一种。她想告诉小宛,也告诉自己,人生,无论如何选择,都会后悔的。等真正临了,才会明白,曾经的后悔也是那么珍贵。

"小宛,原谅我,我五音不全。这样,我给你读首诗吧。"

没有等董小宛回应,董雪君自顾自地念了起来:

菩提本无树,明镜亦非台。
佛性常清净,何处有尘埃!

身是菩提树，心如明镜台。

明镜本清净，何处染尘埃！

菩提本无树，明镜亦非台。

本来无一物，何处惹尘埃！

念完，两个人不说话了。董小宛轻轻摆动身体，靠在董雪君的肩膀上，有种无法自明的恩情，有种山穷水尽的孤勇，也有种偶尔为之的仁慈。

下了山，董小宛提议坐轮渡去桃花岛，她说这次来，就是为了能赶上桃花岛的日出。初熹的时候，海面平阔，水绵绵，光纷纷，有鱼跃过，有鸟飞来，天气正好，恰能看见南海观音立像，她一直在想象这一幕。有时候，世间的某一瞬间，只属于特定的某一个人。

码头宛若立在海水中央，悠悠的，静静的。轮渡歇在岸边，亮着几盏昏黄的灯。几个码头的工作人员走过，手里搬着机油、绳子。远方并不亮堂，看不到那座桃花岛。

董小宛把宝马开到了汽车舱，挽着董雪君的胳膊进入了休息区。休息区的人并不多，几个船员，三两个游客。小宛坐在了一个青年男子的身旁，董雪君挨着小宛坐。很快，男子就和小宛聊上了。男子叫乔伊，是岛上的人，在舟山工作，晚上就回岛上的家。小宛还是小宛，两人聊得热火朝天。对于董雪君，说没有失落，是不可能的，但她仍感到高兴，要是小宛变不回来，她怎么和顾方万交代，她怎么和自己交代。

乔伊说："今晚桃花岛有一个海滩篝火晚会，大家一起吃烧烤，海鲜都是现捕的，也有牛羊肉，从舟山运过来的。"

小宛笑了："好啊好啊，我肚子都饿坏了。"

乔伊又说："不是免费的夜宵啊。你们两个人，可以打八折，附赠两瓶啤酒。"

小宛说："不够不够，一人两瓶才刚刚好。"

乔伊说："要是你们醉倒在海滩上，我们可是要负责的，不划算不划算。"

小宛眯起眼睛："你不是说，你家就在岛上吗？"

乔伊歪着头想了一会儿："挺好，吃饭睡觉一条龙，我得回桃花岛发展旅游业。"

两个人大笑。董雪君攥着自己的背包，黑色的皮包被电动牙刷硌出了印子。董雪君感到了些许困窘，随即松开手，打开背包，找到口香糖盒，葡萄味的。

到达桃花岛，停放好宝马车，两位董小姐就被带到了海滩上。黑色的潮汐，一波一波地卷上来，远处轮船的灯火像坠毁的星子，仿佛宇宙被淹没，暗物质逃逸出来，暗能量无处不在，黑洞也在默默地攫取着光芒。

离这个宇宙不远处，有一簇篝火，十来个男女，围着篝火，手持长短不一的串子。乔伊走过去，跟他们介绍了董小姐们。高个男人递给董小宛两串皮皮虾，矮个男人递给董雪君三串秋刀鱼。烤盘上烤着生蚝，一个胖女人正挥洒着烧烤酱，靠着烤炉的男人正在给大伙分发羊肉串。董小宛和几个男人聊着，董雪君一口气吃了五串羊肉串，才发现自己其实和董小宛一样，谁饿了不会吃呢？谁难过了不会哭呢？

没过多久，滩外的海鲜店送来了一只澳龙，人们躁动了起来。男人撒着蒜末，女人添着粉丝，董小宛手里拿着塑料瓶，塑料瓶里装着食用油，瓶盖上戳了一个洞。董小宛挤着瓶身，油喷溅在澳龙、生蚝、皮皮虾上，油油一层光。董雪君拿到了一只烤螃蟹，正在拆爪时，董小宛玩上了头。她追着乔伊，叫喊着。海滩上显露出两排脚印，像电脑屏幕上挨个出现的字母。董雪君举着螃蟹爪子，挥舞着说:"小宛你当心点。"董小宛似乎没听到,她的笑声仿佛浪花,洁白、光亮,一声盖过一声。

笑过了,疯过了,董小宛又回到了篝火堆旁。高个男人说:"光有吃的不过瘾,要唱的,要跳的。"胖女人说:"要不咱们玩真心话大冒险,谁输了就唱,就跳。"

游戏类似于击鼓传花,主持人一说停,谁拿到螃蟹壳,谁就要选择真心话或是大冒险。

众人围坐在一起,董小宛挨着乔伊,董雪君挨着董小宛。游戏热烈地进行着。螃蟹壳到了董雪君手里,她愣住了。就是它,她刚才吃的那只螃蟹的外壳,圆溜溜的,多刺,泛着青紫色,就是它。就是它。她活在世上二十五年了,第一次对自己说,就是它。就是它,杀死了老去的亲人。就是它,夺走了多汁的青春。就是它,让我们夜不能寐。就是它,让我们欣喜若狂,让我们黯然失色,让我们曾经沧海难为水,让我们君问归期未有期,让我们十年生死两茫茫,也让我们桃花依旧笑春风。

小宛贴上了她的耳,一阵夹着酒味的鼻息:"你就别选真心话了,套不出你什么的。上,跳去。"

董雪君站了起来,双手抱拳:"各位,我也不会跳舞,就来个擅长的军体拳吧。"

踏步右冲拳、上步左冲拳、弹腿右冲拳、下击横勾拳、挑拨侧冲拳，董雪君的拳头从腰间旋转冲出，拳心向下，另一只手放腰际，左右开弓，成弓步。一个后转身，右臂后击，左拳向前冲出，直捣黄龙。她大喝一声，双勾后击，右转身，两拳向上猛击，随后，她右脚向前踮步，左脚前移，两肘抬平，左右猛击，随后两拳变勾手，左脚成弓步，左小臂向上挑，右小臂往下砸，最后右拳收于腰间，左腿后绊，劈石斩金间，董雪君双脚并拢，恢复立正，手伸向自己的头顶，想去摘帽子，突然想起自己没有戴，只好朝众人笑笑，拨弄了一下鬓发。

一阵热烈的掌声。胖女人一边拍打着肥硕的大腿，一边用烧烤钳拍打着沙面，发出噗噗声，连说："姑娘好身手！"

击鼓传花又开始，螃蟹壳到了小宛手里，她迟疑了一下，就在说停的一刹那，她扔给了乔伊。乔伊选择真心话。小宛举起了自己的胳膊："我来问。"

沙滩上的一切是如此祥和。董小宛放下左手的啤酒瓶，拿起螃蟹壳，在乔伊眼前晃了晃，猛地向上抛起，又接住。她转着指尖的螃蟹壳，眨巴着眼睛，一字一顿、口齿清晰地问："说实话，你睡过几个女人？"

哄闹的人群突然安静下来，十二个人，二十四只眼睛，都看着乔伊。乔伊满脸尴尬，董雪君用胳膊肘捅了捅小宛，小宛没有理会，反而又问了一遍："说实话，你睡过几个女人？"

高个男人咳嗽了一声："那个，姑娘，你还是换个问题吧。"

"那好，"董小宛很爽快地答应了，"我过几天就要结婚了，你可以睡我一次吗？"

大海不知疲倦地拍打着沙滩，拍打着众人的沉默。胖女人起身，去收拾烤炉的残渣。烤羊肉串的男人接了个电话。矮个男人说是去上厕所。众人稀稀拉拉地走了，高个男人拍拍身上的沙子，对董雪君耳语："天气还没热起来，大海的潮汐说不准的。"他也走了。

董小宛一边紧紧地攥着乔伊的手，一边摇晃着手中的酒瓶，她说她有过十二个男朋友，一个月一个，就是一年，一年一个，就是一个轮回。她和哪个都没能长久，哪个都没给她带来美好的回忆。就说她家黛玉，以前也就一个酸书生，现在好了，转行了，功成名就了，还有脸回来找她。还有那个宝钗，不就仗着有副好皮囊嘛！那个打篮球的，现在屁都不是，天天坐在办公室，坐得背驼了屁股大了。

还是爱吃阳春面的那个可爱，可是他只爱吃阳春面，每次约会都会吃，她实在受不了了才和他分手……为什么男人都一个德行，得不到就痛苦，得到了就无聊。董小宛接着对乔伊说，乔伊也是个渣男，她都这样了，他还爱理不理。现在大家都走空了，只问他一句，睡，还是不睡？

乔伊的脸涨得通红，他把董小宛的手从他胳膊上捋下来，看也没看董雪君一眼，径直而飞快地溜走了。董小宛一个踉跄，手抡了一个圆，朝着他远去的背影大喊："没人拒绝得了我！"

醒来时，四周还是一片黑暗，董雪君觉得头疼。昨晚，她和董小宛一直喝到深夜。她不想喝，董小宛逼着她喝。小宛说："我马上结婚了，再也不可能有这样的日子了，我就要劝你更尽一杯酒，我看谁能拒绝我！"董雪君也很无奈，拿着别人喝过的啤酒瓶，一闭眼灌了下去。喝着喝着，两人就没知觉了。她俩在沙滩上躺了一夜。董雪君也知道，许多醉倒在沙滩上的人，都被潮汐卷入大海，成了鱼虾的美食。而这一夜，她们被大海赦免了。

董小宛还在酣睡，董雪君小心地帮她翻了个身，换了个舒服的姿势。她坐在小宛身边，一个人自言自语。小宛确实美,不寻常的美。可这个世界,只有庸常才能享受足够的坚韧。人生在世,不带点悔恨,就不会感受到日出的震颤,日落的抚慰。董小宛的脸颊饱满清秀,眉毛疏落有致,鼻子坚挺,眼睛圆润明亮。董雪君用指腹顺着她的脸划过去,青春啊青春,众生都爱你,你也宽待众生。你是众生的女儿,也是众生的慈父。

四周依然一片黢黑。渐渐地,远方钻出了一丝白。董雪君朝白走过去,来到了海岸线边。海水冰冷,舔舐着她的脚尖。她蹲了下来,在沙子上画了一座佛像。黑色的潮汐涌来,把佛像抹干净了。一瞬间,这是这个世界只属于董雪君的一瞬间。原来,只有无穷,才是神要去的地方。

白光越来越多,逐渐又出现了橙光、粉光、红光。董雪君微微笑着,回到了小宛身边。她还在酣睡,她没打算吵醒她,想象可比现实更能给人希望。周围的黑暗逐渐被稀释。没有人能拒绝青蛙公主的索吻。确实。董雪君掏出了手机,她的旅行青蛙寄来了相片,海边、山峦、树林,那才是人类要去的地方。

蓝色的水母田

马思佳从大楼里走出来时，确定办公室的门已经锁好了，这件事她得确认很多次。华能已经把第二天会议上要用的茶叶整齐地码在了桌子上了，马思佳复印好了所有材料，她不知道还要做什么。在她八岁的时候，想象着她的二十八岁，应该会背上行囊走南闯北，看遍山川大海。她问过她的同龄人，基本上都会有这个梦想，他们看着大风车，想象着风车吹动大地的未来。

可现实就是这样，苦读了十几年，考上了一所较好的大学，又挤破头觅得一份工作，然后就剩结婚、生子、房车问题了。人生就应该如此，马思佳吹灭生日蜡烛时，大刘和她这么说。大刘开着一家小酒馆，夜里倘若加班到太晚，马思佳会去那家小酒馆和大刘凑合一夜。小酒馆里有蓝的绿的红的霓虹，马思佳数着数着就睡过去了。霓虹灯泡组成了很多图案，有一只蓝色的狗，马思佳很喜欢，因为她往那里一站，稍微整一整动作，蓝色的狗图案就囊括了她的轮廓。她喜欢这种被包围的感觉，哪怕只是十几颗霓虹灯泡发出来的光。大刘一般会倒在一堆酒瓶中，马思佳会走过去，帮她把倒下的酒瓶一一扶起。仿佛某种时光被重提一般，马思佳透过酒瓶看着五彩的霓虹，一闪一灭，夜空突然变得无垠起来。

马思佳去吃了顿火锅。一人火锅，有菜有肉。群里说下周同学聚会，马思佳拒绝了，因为下周公司团建。华能说这周五有一个大项目要谈判，要带马思佳去锻炼下。马思佳又看看日程表，把下周五去看电影的计划删掉了。大刘这周说是要去国外旅游，具体是去日本还是新加坡，大刘还不是很确定。马思佳很能理解她，毕竟周末无论去日本还是新加坡，这个世界上还是有韩国、泰国和马来西亚等着被纠结地选择。生活中的很多时刻，马思佳都很羡慕大刘，能自由来去，不被工作束缚。她把这个想法告诉大刘，大刘瞥了她一眼，起身去调鸡尾酒了。

马思佳把最后一张 A4 纸塞进了信封，她知道这应该不是季度报告的最后一稿。主任喜欢在电子邮件中进行第一轮修改，然后在接近午夜时给马思佳发来邮件，马思佳连夜修改后再回发给主任。第二天来办公室时，主任会将又一次仔细修改后的纸质稿放在她的桌上。等纸质稿上的错漏修改完毕后，主任还会提出第三稿意见。马思佳就在这些意见中回旋，然后耗费一天的时间。通常这一天过后，马思佳会去吃麻辣烫，然后去找大刘唠嗑。大刘有时在和几个喝酒的客人聊天，有时蹲在路边抽烟。这天马思佳陪她蹲了一会儿，然后问她在想什么。大刘说，她前几年买了条裤子，破了，后来养了只猫，跑了，再后来，爱了个人，死了，她是逐渐体会到，一切都是重逢，一切又都是久别。马思佳问不是久别重逢吗，大刘说，久别重逢又久别而已。马思佳从她兜里掏出了另一支烟，点燃。远处有一辆吊车，沉甸甸的。马思佳很想爬上吊车，将它的重担放回大地。可吊车又重建了一座大厦，而几十年或百年后，大厦又会再次颓荒。

大刘喜欢和马思佳一起喝莫吉托，她说："这是'莫及汪伦送我情'。"马思佳问她："我是你的汪伦吗？"大刘白了她一眼，说："还有下一句，主要托你办件事，这就是莫吉托的由来。"马思佳也回敬了她一个白眼。她们干杯，喝酒，酒洒满了吧台。大刘去过很多地方，马思佳甚是羡慕。她问大刘最喜欢哪里，大刘说是西双版纳，她骑过一头大象,下来时,她看见了大象的眼泪。大刘说她还喜欢呼伦贝尔,她骑过小马,也骑过骆驼,下来时,骆驼朝她笑了,露出两排整齐的白牙。她相信它们是既快乐又悲伤的,就像我们一样。

翌日,马思佳醒来时,吧台一片狼藉。地上散乱着一地的碎片,碎片中映射着世间万千。马思佳感觉大刘变成了一只褐色的青蛙,她趴在那里,手里攥着一个碎酒瓶片,五彩的光从里面流溢出来。马思佳感到了虚幻,甚至下周参加公司团建的想法也变得模糊不清起来。大刘撑起身子,问她怎么还不去上班。马思佳用扫帚拢了拢玻璃碎片,玻璃门外的一线天光照在了大刘的脸上,宛如她的脸上多出了一条公路,路边的风景一幕幕退去。

有什么被漏掉了,马思佳想。有什么被漏掉了,大刘的命运中有什么被漏掉了,所以大海推动着山峦,山峦又劈开了积雪。大刘躺在软椅上,那条公路不见了,她的脸陷入了清晨的混沌中,宛如一颗星球进入了极夜。所有的碎片悬浮起来,叮叮咚咚地摇荡着,宛如某种谶语。命运就是某种错漏,时间与空间交错着,一秒钟便能错过几百万种命运。就是因为错漏了成兆的可能,所以大刘躺在了她面前的躺椅上。

"我想我该去上班了，大刘。"马思佳说。

"隔壁右拐有卖鸡蛋三明治，还有豆浆的。"大刘闭着眼睛说。

"我想可以顺便去买点黑米粥。"马思佳推开了门，阳光打在她的脸上，叮叮咚咚的，填满了她所有的毛孔。她感到脸上的血液在流动，宛如无数疯长的藤蔓在向前葳蕤。那一瞬间，她觉得自己是透明的，只是她的血管、骨肉依然生活在声势浩大的阳光中，像一场芦苇摇曳的葬礼。马思佳埋葬了她收藏多年的阳光，她还会有其他阳光，只是不像她童年时见过的透明的阳光，她甚至怀疑那股透明的阳光是被虚构出来的，并不存在，因为阳光是五彩的。知道这个道理时，马思佳问自己，五彩混合不是黑色吗，为什么阳光照在大地上是白色的呢？后来才知道，黑和白都是美丽的颜色，没有哪一种颜色是不好看的。阳光依然打在她的脸上，她感到无比的开心。她感到阳光在血液里流动，宛如喜马拉雅山下的山泉。

"你还没走吗？"大刘问马思佳。

"我知道我已经走了，只是阳光洒在大地上，影子有点长，所以你会认为我还没走。"马思佳关闭了酒馆的玻璃门，门廊上的铃铛叮叮咚咚。

华能在打印机前打印文件，轰鸣的机器声让马思佳感到又一阵疲倦袭来。要修改的文件应该已经躺在她的邮箱里了，她必须打开电脑。她打开电脑时，二十六个英文字母就会自己升腾起来，在那里跳舞，有各自的节奏，然后随机组合，变成那些词句。电脑屏幕亮了，备忘录里是周五要用的项目资料。

马思佳将修改好的文件发给了主任，接下来要准备调研报告。核对数据时，马思佳想起了这位叫大刘的朋友。她大概不必面对这么多表格，也不必将里面的数字变成文字叙述。她现在在干什么呢，在酒杯里看着霓虹明灭？这也是一种生活方式。每次去大刘那里时，马思佳都会在那个蓝色犬类形状的霓虹中站立一会儿。她会被这种平和的光晕所包围，宛如踏入了蓝色的海水中。每天睡觉前，她会褪去那双几近透明而无限的，海水织就的袜子，躺在被褥里安眠。

华能将新一轮任务摆在了马思佳的面前。一瞬间，马思佳觉得华能是一只螃蟹，这个公司是一枚贝螺。任何一个贝壳，只要轻轻拍打它，你都会听到海浪的声音。它们也曾思念过故土，这些贝壳，是海浪的小指甲盖，它们也与海浪一般年少生猛，如今零落而柔韧，安睡在大海匀速的酣睡声中。马思佳坐在椅子上，将数据表一页页翻了过去，犹如柏叶的侧卷。生命中的某些珍贵时刻，往往那么寻常，只有隔了三年五年，才知道我们穿过人海，宛如风穿过柏叶的缝隙。

马思佳赶上了最后一班公交车。城市已经半眠了，像海洋里老去的珊瑚，海水涌动着，水母浮沉，一切事物的开端、过程与结尾都是那么美。珊瑚灵动飘摇着，化作海底的瞬间与永恒，水母忽隐忽现，宛如在神的指尖上跳舞。有什么在透迤——宛若时间，宛若日夜，宛如新的皱纹与新的红细胞。当落下时，尘埃也会升腾。所以无所谓岁月的递进，光影的明灭自是秩序。

到站后，马思佳独自走在回出租屋的小道上。这座城市变成了一只柔软的手掌，她走在它的某条掌纹里，血脉连着松软的土壤。她随着这个世界一起呼吸，直到那些树木翻涌着绿色的波涛。

大刘在电话里泣不成声，马思佳问她怎么了。

"我失去了我的影子——"大刘在电话那头哀号着。

这件怪事终究还是发生了，大刘能看见所有事物的影子，除了她自己的。

马思佳将文件发给了主任,并跟她请了个假。她觉得大刘需要安慰。大刘不仅仅是她的一个朋友,还是一个失去影子的人。

阳光给这间酒吧缝了一件暖和的毛衣。酒吧里,大刘坐在一堆酒瓶与酒杯中间,四周的霓虹依然闪烁,宛如海面上层叠的粼光。大刘成了一只孤舟,连引航的鸥鸟都已竭力,在孤舟的甲板上努力地抖动着羽毛。

"怎么回事?"马思佳问道。

"影子它离开了我。"大刘喃喃。

"阳光照耀在大地上,每个人都会有影子的,你怎么会失去你的影子呢?"

大刘摇晃着酒瓶:"你有多少天的年假?"

在飞往海南的飞机上,大刘拍摄着云朵。

"云朵有影子吗?"马思佳问大刘。

"寒暖晦明,云朵也有自己的温度呢。"

马思佳看着大刘,阳光从舷窗外照耀进来,飞机何尝不是一艘船呢?云朵是浪花,我们从天空之海飘向一座岛屿。马思佳曾想象过,世界上最小的船,比如说,一只粉色的鞋子,在大西洋里浮沉,最后会抵达哪里呢?当月辉洒满大海，这只鞋子会得到片刻的栖息吗？马思佳不知道答案。她看着大刘，在逆光中，她成了那么温柔的黑色，宛如夜色盖住了大地的伤口。大刘穿着一双黑色的鞋子。所有颜色的尽头都是黑色，温柔的夜抚慰着所有人。

大刘坐在三亚的一家酒吧里。

"你是来三亚喝酒的吗？"

大刘不说话。蓝色的液体顺着她的喉咙淌了下去。马思佳惊讶地发现，大刘正逐渐变得透明。待到酒杯落定时，大刘变成了一只水母。马思佳靠在软座上，问了自己一个问题：水母它有影子吗？

"我想在大海里浮潜。"大刘说，"在大海里，任何事物都不需要影子。我想，我们可以现在就行动，天色还早，我们可以先去找片沙滩。"

大刘从酒杯里挑出了一片柠檬，套在手指上，她晃动着手腕，那根食指宛如一个套着泳圈的人，在手指海浪里浮动。突然，她握紧了拳头，啪地又张开。

"怎么了？"马思佳问大刘。

"你看，海啸了。"大刘说。那片柠檬有点皱了，而那个套着泳圈的食指人依然在海面上尽力地游着。

马思佳从自己的酒杯里挑出了一颗冰块，冰块在桌面上静静地融化，等待与大半个世纪前的泰坦尼克号重逢。

人们都说，冰山下面的真相更隐秘也更广阔，可是对于冰山来说，整个的它，都是一颗透明的心脏。它在海面上独自漂流着，阳光照耀在上面，它又逐渐变成了大海的一部分。

冰块逐渐小了，变成了一个赤裸的细胞，然后又化作一泉血液，从桌缝里悄然落下，变成大地母亲黝黑皮肤上的一块胎记。

大刘穿好了浮潜衣，阳光平铺在海面上。透过潜水眼镜，马思佳靠在栏杆上眺望海的另一边。她看见了风，有五彩辫子的风，有点点雀斑的风。五彩的辫子拂过灌木、山峦、河流、松涛、雾霭、尘砾，都是风种下的喷嚏、哈欠还有那恼人又俏皮的黑痣。风把一切都带来了，大地有了肤色，有了五官，又有了那么多的悲欢离合、阴晴圆缺。

一定有什么元素是有生命的，马思佳想。宇宙的一切都源于十四亿年前的大爆炸，我们赖以生存的一切，包括我们自己，都是元素构成的。那第一个被算作生命的生物，它是由什么元素构成的呢？

大刘跳下了海面，浪花溅起。马思佳问自己：那些没有被算作生命的事物,那些没有被看见的时空,那些未被命名的一切,难道就没有自己的休养生息、起承转合吗?我们所见太少,又过分地相信自己。

海面在逐渐远去,海水里也有声音,是海里的风吗?马思佳不再去想,朝周围看了看,大刘已经抵达这片浅海的底端,和海底的珊瑚一起挥手。海潮涌动,大刘真的成了一只柔软的水母。

两人的衣衫已经湿透,在试衣间换了一身干燥的衣服后,大刘又返回沙滩,坐在一个沙土堆砌的城堡旁。落日的余晖洒在大海上。海面成了一条巨大的舌头,而大刘正坐在它的嘴唇上。大海一定想说些什么,那礁石构成的牙齿里,有大海独特的平仄起伏。

马思佳坐在了大刘的身边。不远处,椰子垂在枝头,人们架起了烧烤炊具。暮色中,云朵层叠成琴谱,走动的人们宛如跳跃的音符。

"我们是渺小的。"大刘说道。

"你说得很对,这次假期后,我还得去完成各项工作任务。"马思佳依偎在大刘的肩头。

大海在缓缓褪去,像丝绸裙摆滑过地板,被整整齐齐地收纳进了衣橱里。柔和的夜到来了,抹去了万物的影子。

"你需要去吃点东西吗？"马思佳问大刘。

"似乎就这么坐着，看着潮涨潮落，就已经很快乐了。"大刘又问，"大海有影子吗？"

"我相信大海是天空的影子，天空与大海之间的一切，只是一种介质。"马思佳捡起沙滩上的一块石头，塞进了口袋，它们曾经也是山峦，时间更新了一切。时间像风一般吹着点点白帆，直至它们化作白雪，融入海洋。

大刘和马思佳离开了海滩。海滩卧在那里，它经常地卧在那里，直到时间漫过面颊，它会成为其他的什么东西——一封寄给百年后的大海的一封信，一行满是句读的文字，一个感叹号，一声低沉的叹息。

还会有其他人在海滩上漫步，带着即将写完的文件，带着沉重利息的信用卡，带着儿女朋友，带着他们的烦恼与忧愁。那些牵绊着他们的事物，也是他们生活中的海滩，那些他们憧憬着的事物，也是他们生活中的大海，忽远忽近，此起彼伏。他们永远站在沙滩上，少数人奔向了大海，宛如一颗颗盐粒。

两人在街边的烧烤店吃了顿香茅草烤鱼，大刘将鱼骨头完整地摆在面前。许多事物就是这样，用消逝来证明存在。马思佳和她谈着最近的生活状况。大刘向摊主要了几瓶啤酒。啤酒沫涌出瓶口——那些失控的事物，顺着瓶身淌了下去，渗入大地，都是可感的。马思佳用指甲将啤酒沫画成了一朵透明的花。

"我小时候想当一名科学家，像居里夫人那样，发现一种新的元素，推动人类的科技进步，说不定还可以推动宇航事业的发展。"大刘看着啤酒花，"后来觉得这件事太难了，又幻想着当一个作家，那时的偶像是高尔基，觉得他写得真好。上课时，老师教导我们，要做一个对社会有价值的人，所以我的偶像又变成了白求恩。"大刘摇晃着酒瓶，周围的一切都在酒瓶里缤纷闪烁。透过这个酒瓶，马思佳看见周围的建筑物全都成了积木，摊主成了一只浣熊，左边那桌坐了一圈打牌的疣猪，东南方还有一只独自喝酒的丹顶鹤，蚂蚁们拎着购物袋经过，甲壳虫在车里点燃了香烟。

"如今我一事无成，"大刘把啤酒瓶放下，"我只能坐在海边，让海浪洗去我一身的疲倦。"

"至少，你还有我。"马思佳说。

"每时每刻，我们都在变老，没有一个生灵例外。随着变老，烦恼会增多，快乐又会变得芜杂。现在，我连影子都失去了。"

"你丢了你的影子吗?"

"是我的影子抛弃了我。"大刘笑了几声,"它去了其他什么地方,变成了其他什么形状,有了其他什么气息,发出其他什么声响。"

"影子有声响吗?"

"沉默也是一种声响。这个星球上,大部分东西都是沉默的,岩石、沙滩、植物、毛绒制品,包括书本。沉默的大多数构成了整体。"

马思佳和大刘用沉默交谈了一会儿,一只灰熊走了进来,带着丁零当啷的金币,向浣熊摊主买了一罐蜂蜜。疣猪们又开始洗牌了。丹顶鹤昂首叫了一声,飞向了天际。几头犀牛相约着走了过来,向浣熊买了点鲜草。突然,烧烤摊骚动了起来——它们看见了一只老虎。

大刘逐渐变得透明,她又成了一只水母。疣猪们收起了扑克牌,灰熊把头埋进了蜂蜜罐里,犀牛咀嚼着鲜草,漫不经心地观望着四周,当看到老虎时,犀牛也默默地低下了头。马思佳不知道应该怎么办,只好坐在那里,听着老虎的喘息宛如涟漪一般扩散开来。

老虎跟浣熊买了一瓶二锅头,喝了几口,摇摇晃晃地走了。

"老虎也有愁闷呀。"马思佳说。她突然想起了华能，华能的八只爪子里全是表格和文件。那个主任，成了一只跷着腿的羊驼，在用亮色的指甲油涂她的脚指甲。他们穿过了岁月，共同地栖居在贝螺里。

"我曾经以为你很酷，大刘。"

"一无所有的人才会看起来很酷，马思佳。"

"我喜欢你的酒吧。"

"你喜欢我的酒吧，而我喜欢大海。"

"你会在大海中找到你的影子吗？"

"我会在我的影子里找到无数片大海。"

"你怎么找到你的影子？"

"人海远比大海宽阔。"

"你会和我回南京吗？"马思佳问大刘。

"我的酒吧还有一年半的租期呢。"大刘说，"现在想想，一瓶酒也是一汪海洋，我的酒吧里有五颜六色的海洋。不过来之前，我已经把店转租了。我必须找到我的影子，我连影子都没有了。"

马思佳心想：我曾经的同学与朋友们，有的去了纽约，有的去了上海，有的孩子都五岁了，有的还在学校里深造。就像是上帝撒了一把骰子，我的骰面是一颗点。

大刘起身，和浣熊道别。马思佳陪着这只飘摇不定的水母，往人海的深处走去。

大刘租了一艘快艇，两人在一座岛边停下。快艇停靠在礁石边，两人在一棵椰子树下吹着海风。

"大刘，我连团建都没参加，有个大项目也泡汤了。"

大刘不说话，风刨着大海，海浪一卷一卷地涌过来。

"马思佳，如果你想我的话，菜里多放点盐就行了。大海总是在思考，一粒粒盐就掉落下来了。"

快艇在海面上行驶。

马思佳将新改的季度报告发给了主任，华能还在那里张罗着下一次会议。公司里人进人出，新一轮的报表还在生产着。

每一次加班过后，马思佳都会想起大刘。她没法去那个酒吧再喝一杯了，那蓝色的霓虹，只能在脑海里泛着微光。那是什么轮廓，一只蓝色的狗吗？马思佳从没想过，在老虎、浣熊、灰熊、疣猪、丹顶鹤、犀牛、螃蟹、羊驼以及众多的动物中间，她会是一只湛蓝的狗。是什么品种呢？马思佳也无法断定，就像这位名为大刘的水母，她从何而来，又到哪里去了呢？

从最后一班公交车上下来之后，马思佳睡了很久。

醒来时，天空变蓝了。云朵宛如一簇簇水母，在天边袅娜升腾。

"她去了那里。"马思佳对自己说。

火烈鸟说

我从来没有觉得自己聪明，直到坐了那趟飞机。飞机和聪明不能挂钩，但这个世界就是这么奇妙，你遇到了一个人，你就能明白很多道理。你明白了很多道理，你就会见到另外一个人，成为他所遇到的人。人类的进化、繁衍、文明就是这么推进的。这是一件不难明白的事。

完成了调研任务，今天我就要从美国飞回南京了。我这个东家待遇不错，在江浙沪拥有广阔的市场。他们派我来调研，调查茶叶市场，寻求国际合作。我已经换了五家公司了，为了还每个月一万多的房贷，我又入职了这家公司。每天管两顿饭，交五险一金，公积金不算低。这是一件两全其美的事儿，我帮公司干活，公司帮我生活。除此之外，我没有再去想什么。

美国机场还挺大，一入门，就有一队美国警察牵着警犬来回嗅。他们在查毒品。我前面第三个穿蓝条纹衬衫的男孩，被警犬嗅了全身，但它并没有叫，警察放他走了。我想，他可能刚刚吃了鸡排，或者糖醋排骨之类的东西，我还被自己的这种想法逗乐了。我今天中午吃的炸鱼排，放了蛋黄酱的那种。我相信警犬不爱吃鱼，蛋黄酱多少吃一点，如果它盯着我不放，我可以撒点包里的老干妈给它，就看它会不会养生了。不过，既然是本地的狗，汉堡炸鸡肯定没少吃，自然不稀罕我包里的东西。想着，我正了正墨镜。男孩回头看了一眼，恰巧与我对视。我有了一种异样的感觉，蓝条纹挺适合他的，我的墨镜和他也很相配。

穿蓝条纹衬衫的男孩一直处于我前方十五米处。说实话，我喜欢这个距离，就像生活中某些灵光一闪的瞬间，你必须和你挂念的事物保持距离，你才能真正得到它。男孩向前走，拐了个弯，这是办理托运的必经之路。但我觉得，这是蓝色条纹延伸下来的某一条。我想到男孩背后去，我甚至想吃他中午吃的糖醋排骨，或者鸡排。

男孩站在队伍里，他有一只巨大的咖啡色的拉杆箱。我很好奇里面装的是什么。

到了男孩了，他将拉杆箱搬到了运输带上。

机器显示为：八千克。

工作人员刚要贴上贴条，男孩伏过去，认真地说道："你能再称一遍吗？"

工作人员摇头。

"里面有很重要的东西，我必须要确认一下。"男孩的声音不容拒绝。

工作人员似乎被他的表情打动了。

"八点五千克。"

男孩笑了："这才对。"

工作人员并没有回之一笑，男孩目送着行李箱被推入黑色的深处。

"你的登机牌呢？"工作人员问我的时候，我才从男孩的蓝色条纹上走下来。他正站在玻璃窗边，看着一架飞机起飞，一架飞机落地。阳光照射在平阔的地面上。

离登机时间还有三刻钟。是的，我用了"三刻钟"这种少见的表达方式。大概只是想让这一天，和以往的任何一天都有所区别。这一天，我将坐飞机离开美国。而往后的任何一天，都与今日不同。这一天，我见到了那个穿蓝条纹衬衫的男孩，他带着一只咖啡色的行李箱，里面似乎有很重要的东西。往后的任何一天，我都不会站在透明的橙色玻璃窗前，想到此时我想到的事物。想到这，我有了些许宽慰，但更多的忧伤汹涌而来。

"你想来杯咖啡吗？"

我摆摆手，突然我又回头，是那个穿蓝条纹衬衫的男孩。

"东边的咖啡比西边的好喝。"男孩举起咖啡，像是要敬我。

"你是想请我喝一杯吗？"

男孩笑了笑："别买摩卡。"

我点点头，拿过男孩手里的咖啡，喝了一口："我相信这不是摩卡。"

男孩顿了顿："你觉得这样做显得你很聪明吗？"

"不然呢？"我扬起眉毛，"一个男士端着一杯咖啡走向一位女士，就想要告诉她不要买摩卡？"

男孩耸耸肩："不然呢？"

"我可以请你喝杯可乐，"我晃了晃手里的咖啡，"到飞机上时。"

"你知道我要去哪里？"

我点点头："事实上，我一直在注意你，你的登机牌又不是国家机密。"

"是不是很巧?"男孩舔着嘴唇,"我们还是一架飞机上的邻居。"

"你看了我的?"

"事实上,这里的绝大部分人,都没有什么国家机密。"

"这么说,你是来和新邻居打招呼的?"

男孩摊手:"请邻居喝杯下午茶,这个主意也不错。"

"你叫什么?"我啜了一口咖啡,仔细地端详他。

"如果你觉得登机牌上的不是我的真名,你可以给我取一个新代号。"

"俊哲——听起来怎样?"

男孩摇摇头,又点点头:"和我的衬衫挺配。"

"国际飞行很无聊,是吧?"我朝俊哲看着,他的发尖正好和地上的大理石砖砖缝平行。

"能找到一个老乡,还是邻居,这趟飞行怕是没法无聊了。"

"我同意你的说法。"我看着杯口的咖啡渍,是一朵云朵的形状。

"很美,不是吗?"俊哲注意到我的注意点了。

我们各自沉默了三十秒。

"你是游客？本地人？华裔？混血？"我问俊哲。

"事实上，我不喜欢这些称谓。世界上99%的称谓，是为了辨认傻瓜。"

"所以，你不是傻瓜？"

俊哲又耸耸肩："你不是？"

这有点难倒我了，我托着下巴，佯装思考。

"在同一架飞机上，是聪明人和傻瓜坐在一起，还是两个聪明人坐在一起的几率大一点？"

"我想是后者。"

"聪明人都觉得是后者。"

我们又走上了沉默的蓝色条纹。洛杉矶机场真美呀，一架架脖颈颀长的飞机，热烈庄重地亲吻、抚摸着这片金色大地。我倒是有点爱上这里了，如果给我两瓶酒，我能和另外一个人坐到天亮。

俊哲是我在飞机上的朋友。嗯，聪明人就该彼此成为朋友。他坐在23F，我坐在23E，我问他，能不能换个位置，我坐飞机喜欢靠窗。他说不能，转头望着窗外。恰逢暮晚，仅存的一线金光照出了他脸上纤细的茸毛。他是某种不一样的生物吗？我一阵恍惚，或许刚才我们说的话，入口的咖啡，只是皮肤上被烫出的一个泡。

"你知道应该在哪里看日出吗？"俊哲问了一句。

"原野上？"我试探着回答他，我突然害怕打搅到他，他似乎在和某个看不见的人或物交流。

"不，是海边。你在海边睡上那么一夜，醒来，你会拥有整个太阳系的。"俊哲没有回头。

"那么在哪里看月亮呢？"我问他。

"这里，就是这里。"俊哲指着脚下，"飞机会与月亮的银白色融为一体，那时你就能进入月亮隐秘的心理世界，这将是一段难忘的经历。"

我琢磨着他的话，说实话，这是我第一次思考月亮是否患有某种心理疾病。

"你也去南京吗？"我问了一个我知道答案的问题。在这架飞机上，我特别想和人说话，尤其是和一个了解大海与月亮、被我命名为俊哲的男孩说话。我前面的夫妇，笑得像对红脸的狒狒；左边的女人，有双精致的筷子腿；后面的一对闺蜜，像白纸在风中摇摆。而这个俊哲，我能看见他身上细小的鳞片，随着月光的呼吸一噏一合。我正在努力寻找他的腮，他忽地张开了翎羽。这个生物让我着迷。

"你知道南京有粉色的熊猫吗？"俊哲转过头，认真地问我。

"粉色……熊猫?"我喃喃道。

"嗯,就是粉色的熊猫。"俊哲又转过头,看着窗外。太阳下坠,万物暗淡了下来,我们都陷入了黄昏最后的金光中。灰蓝的云在我们脚下涌动,月亮隐约闪着它的斑纹。突然,我想到,比起一群蓬松着羽毛的野天鹅,月亮可能更喜欢豹子。

"噢,你说的是粉色熊猫。"我重复了一遍。

"有吗?"俊哲凑近了我,瞪着眼睛。

"你还别说,我家就有一头。"我说。

"什么样子?"

"你先告诉我,你的粉色熊猫是什么样子。"我也凑近了俊哲,眨眨眼。

俊哲托着下巴,想了一会儿:"你想知道,粉色火烈鸟的故事吗?"

"嗯哼,火烈鸟本来就是粉色的。"

"不,我说的是那个粉色的火烈鸟——它有粉色的羽毛,粉色的喉咙。在非洲,它是某个部落的图腾。传说,在月圆之夜,它会化身为一只巨鸟,盘旋在森林上方。凡是听到它叫声的人,都会长出第六根手指。凡是见过它真身的人，都会看见已逝的人的魂灵。凡是碰触到它粉色羽毛的人，都会成为一尊金像。我也去过那里。"

我看着他的双手，不说话。

"那个部落已经不存在了，"俊哲掰弄着他的小拇指，"真可惜。"

"你去那里找那只火烈鸟了吗？"我问他。

俊哲躺在座椅上，闭起了眼睛。

"你在干什么？"

"我在观看它。"俊哲说着，睁开眼睛。

我耸耸肩，问："你多大了？"

俊哲摆动双手："我不认为这是个礼貌的问题。"

"我今年二十八岁了。"突然，我想和这个男孩谈谈心。

"所以呢？"俊哲问。

"在我们所要到达的国家，二十八岁是个罪恶的年纪。同龄人中，有的孩子都上小学了，有的还没走出学校，有的赚到了第八个一百万，有的每月连花呗都还不起，有人让你往左边走，有人推着你往右走，父母已不是三年前的模样，事实上，你也不是。你的积蓄还没有到六位数，你的皱纹就有了三道。"我学着俊哲，瘫坐在座椅上，闭起了眼睛。

我俩各自沉默了一会儿，俊哲的声音响起："我想你应该向前走。"

我睁开眼睛："你呢，也许可以往另一维度走？"

俊哲撇撇嘴。

空姐推着推车走了过来："这位女士，您需要意面还是三明治？"

我要了一份三明治，我刚喜欢上这种挤压式的食物。俊哲学我，一口咬住三明治，沙拉酱都漏在了手指上。我舔着手指，俊哲也舔。

"好吃吗？"我问俊哲。

"有位哲人说过，手指上的食物，比哪里的都好吃。"俊哲又舔了一口。

"那哲人也告诉你，要去寻找一头粉色熊猫吗？"

"也许吧，他们说的话太多了。"

俊哲将舷窗上的窗帘拉下一半。

"怎么了？月亮的心理问题让你感到害怕了？"

"你见过世界的另一面吗？"

"比如？"

"你肯定没见过。"

"举个例子。"

"月亮白天时的纯真,大海黑夜时的性感,云朵静止时的深邃,你见过吗?"

我若有所思地点点头:"只有聪明人才能看见吗?"

俊哲又拉开了窗帘:"你看,那是什么?"

顺着他的手指,我看见的是灰黑色的云,拥簇着一团不知名的黑暗。

"你是觉得,这里需要安路灯?"

"你的墨镜呢?"俊哲问我。

按照俊哲的话,我戴上了墨镜,四周都变暗了。俊哲变成了咖啡色,顺着窗户看下去,只有满目的黑暗,夹杂着一点月光的银丝。

"除了路灯,还得有霓虹灯。"我点点头,"夜场太单调了。"

俊哲摘下了我的墨镜:"你看见它了吗?"

"什么,我看见什么了?"

"嘘——我的熊猫,那头粉色熊猫,就在那里,云海中央。"

我揉揉眼,又看下去。似乎确实有那么一点粉红色。

我鼓起腮帮,又憋下去。比起熊猫,我更相信那是一只粉色鞋子，往海岸的某个方向飘过去。

"它会飘向哪里呢？"俊哲喃喃道。

"听着，俊哲，我相信世界上有粉色熊猫，但粉色熊猫在云海中游泳，这太疯狂了。"

"你知道布罗斯基民族举行过一项伟大的运动吗？"

"那是什么？我连布罗斯基民族都没听说过。"

"杀掉月亮，他们认为月亮遮蔽了一些东西，又涂改了一些东西。这也难怪，在月光下，圣洁的天使的翅膀都是灰蓝色的，这让他们感到恐惧。他们制定了多种计划，刚开始是射击月亮，结果全部落最壮实的男人都没有这个臂力。然后，他们发明了一种大炮，结果掉到了隔壁的森林里，为此还引发了一场战争。后来，他们用了巫术，传说月圆之夜，用童女的鲜血在部落首领的额头上画好灵符，首领面对井水，只要灵符的影子触碰到月影的边缘，月亮就会自动消失。过去了好一阵子，月亮依然还在。最后，他们终于明白了，不是月亮该消失，是他们自己该消失。然后他们真的消失了。"

"嗯哼，他们去哪里了？"

"去了没有月亮的地方。"

"哪个地方没有月亮？"

俊哲啜吸着鼻子,眼睛辘轳转了好几圈:"有时候,只有聪明人才看不见月亮。"

我们一起看着窗外,月亮轻盈地悬浮着,宁静而迷人。也许我们该烹饪野天鹅,也许我们该吃下雪花诞下的卵,也许我们该抹去唇边的刺,也许我们该相爱,在这个紫藤萝盛开的夜晚。

"你真的相信吗?"俊哲看着我。

"相信什么?"

"我的粉色熊猫。"

我撇撇嘴,皱眉想了一会儿:"给我一个相信你的理由。"

"你知道泰坦尼克号沉没的真正原因吗?"

"不就是撞上了冰山吗?"

"不。"俊哲凑近了我的耳朵,"因为粉色熊猫。有一个三等舱的旅客,带了一个超大的大提琴盒,里面装的就是粉色熊猫。他要把粉色熊猫带到大洋彼岸,交给一个穿牛仔靴的红发男人。红发男人会给他一笔钱,作为他儿子的医药费。其实,这个旅客并不知道粉色熊猫来自哪里,是一个戴墨镜的女人交给他的。旅客睡在下铺,大提琴盒放在睡铺下。深夜，粉色熊猫会爬出来，独自到甲板上吹风。没人知道它的来历，也没人知道它去向哪里。所有人，不过是和它同行了一段路，看过同一维度的月亮。这真的很奇妙，是不是？"

"你说得对。"我沉吟道，"那它和沉船有什么关系呢？最后它去了哪里？"

"当泰坦尼克号上的旅客全都睡着时，粉色熊猫开始吃起了它的晚餐。先从船头开始，然后是甲板、船桅、船舱。等大家反应过来时，它已经吃掉船身的四分之一了。人们奔走着追逐熊猫，想把它关起来。然而铁笼对它来说，只不过是巧克力焦糖脆片，没有人敢靠近它。它站在残缺的甲板上，等待着命定的冰山慢慢浮现。"

"原来真凶是头熊猫？"

"不不，你不能忽视熊猫和月亮之间的这层关系。它这样做，不是因为饥饿，而是因为孤独。粉色熊猫能感受到月亮的孤独，月亮也能感受到它的，它们彼此心灵相通。在那个夜晚，熊猫想离开了。它想游出无边无际的大海，游出脆弱的地球，游出任何吸引它回头的力量。它想到宇宙去，抱抱那个月亮。"

我深吸了一口气问："然后呢？"

俊哲埋下头，暖黄色的灯光，照出他隐约的侧影。

"有人说，它一直在它的大海里游着。有人说，它在那座冰山上，守望着月亮。还有人说，粉色熊猫已经不在这个世界上了。这些我都不相信，我相信它在各个地方，只有真正聪明的人，才能看见它。"

"那你觉得这样聪明的人存在吗？"

俊哲托着腮，思索了一会儿："这种聪明，关键在于人们是否相信自己做的事值得去做，人们是否相信自己的人生真的有意义。你问我意义在哪里，那些看不见、无法命名、难以分类的事物，其实对一个人的人生大有裨益。"

我没有回答，看着舷窗外的云海。事实上，我已经看不见黑色的云海了。但那只粉色鞋子依旧在飘着，它有自己的航向。

"我见过它。"我喃喃道，"在我十六岁的时候，我想当一名海盗。这个梦想相当荒唐，别人都以为我是说着玩的，但我是说真的。后来我考上了大学，找到了工作，成了一个不是海盗的人。某一次出差途中，我看见了它，它戴着一顶海盗帽。我确信，那是一顶海盗帽。"

俊哲压低了脸，灯光在他的脸上形成了一道光弧。

"你想它吗？嗯——我不是说现在，也不是说进行时。

我是说，在你人生的某个瞬间，你会突然想起它吗？"

我抿起了嘴唇。我没有说话，他也没有。

"这位女士，你需要可乐还是雪碧？"空姐打断了我们的沉默。

"有咖啡吗？"我问。

"有的，女士。"空姐端起一壶咖啡。

"我旁边的先生也要一杯。"我说。

俊哲捧着手里的咖啡，我敢打赌，这杯没有飞机场候机大厅里东边的咖啡好喝。

飞机开始颠簸。广播说遇到了气流，请大家安心。

俊哲用手指划着杯中洒出的咖啡渍，形成了一朵云的形状。

"很美，不是吗？"

我们一起望向了窗外，银缕丝般的月光，灰蒙蒙的云，黑夜的残缺如此动人。我闭上眼，以为这不是人间。

我靠着俊哲睡着又醒来。

"你做噩梦了吗？"

我揉揉眼睛："我梦见我回到了家乡。我梦见我二十八岁了。我梦见我的同学有的已经生了二胎，有的还在求学。我梦见我的一个朋友创业赚了八百万,而另一个朋友被信用卡债务压得无法喘息。我梦见我父母老了,老房子的楼梯日渐凋敝。我梦见我的上司让我做他做过的事,我同事却说要有反叛精神。我梦见我的积蓄眨眼化成了碎片。我还梦见了我自己,我是如何出生,如何成长,如何生存,如何将息。如果这一切是一场梦,那什么才是真实的呢?"

"你知道我前面说的火烈鸟去了哪里吗?"

"它去了哪里?"

"它拔掉了它粉色的羽毛,摘掉了它粉色的喉咙。它化成了一个人类,走在人群中。没有人会因为它,长出第六根手指,看见已逝的人的魂灵,或者成为一尊雕像。它成了亿万分之一,它成了我们。"

"为什么?"

"活着本身就是一件无解的事。这么浩瀚的宇宙,这么广博的时空,这么无常的命运交错,是什么让你成为你,我成为我呢?火烈鸟明白了这件事,它就成了一个普通人。"

我啜了一口冷咖啡。说实话,我已经忘了我此行的目的,我忘了我去了美国,我还忘了我终将回到出发地。

"那个杀死月亮的部落去了哪里?"我迷迷糊糊地

说着。

"他们去了他们想去的地方,他们成了他们想成为的人,他们获得了他们想获得的东西。也许对你们来说,这并不是什么好结局。你们要名利,你们要物质,你们要长寿,你们要荣誉,殊不知,这些具有刻度的东西,只是某种丈量。真正能永恒的东西,是说不准、摸不着的。就像一块没有月亮的土地,你触摸到它,你就拥有了你的自由。"

我看着头顶上的储物架,我有充分的理由怀疑,在那上面,我们看不见月亮。

前排的红脸狒狒夫妇开始闹腾,他们的孩子醒了。孩子张开手指,嚷着一些我听不懂的英文单词。丈夫喊着空姐,妻子哄着孩子,用两种语言交替着说话。孩子不领情,手一扬,将纸杯扔到了俊哲的怀里。那件蓝条纹衬衫上,开出了一朵咖啡色的花。

妻子站起身,用湿巾帮忙擦拭着污渍,嘴里朝俊哲道歉。俊哲摆摆手,似乎原谅了这件事。

"多热闹。"俊哲笑道。

"咖啡渍要立即清洗,时间长了,是洗不掉的。"

俊哲从包里掏出一片粉色羽毛:"这是我的收藏,这件衬衫也会是的。"

空姐给俊哲送来了一碟开心果,以表歉意。

"大家都是一样的人,不是吗?"俊哲吃着开心果说。

旁边的女人打了个喷嚏,她问空姐有没有毯子,后面的那对闺蜜也嚷着要毯子。人们在说话声中陆续醒了过来。有人举手问还有多久到,空姐回答还有半个小时。

"你会忘记这个晚上吗?"俊哲问我。

我感受到了飞机正在下降。

"你会忘记我吗?"我问俊哲。

俊哲耸耸肩:"我记得,我没喝到东边的咖啡。"

"那我可以请你喝南京最好喝的咖啡,还有次好喝的,次次好喝的。"

"我还得找它。"

"粉色熊猫?"

"对,一头粉红色的熊猫。"

"你打算找多久?"

"一个人出生时,你能估算出他能活多久吗?"

我舒了一口气。随着飞机的下降,城市的霓虹开始在眼前渐次闪烁。

"我是去调研国外茶叶市场的,"我自言自语,"我不认为这件事有什么意义，但我依旧对我的公司充满信心，它在江浙沪有广阔的市场，目前广州地区也有了新局面。但我很清楚，我更喜欢喝咖啡。这是我为了生存必须做出的妥协。每天有两顿饭，还有五险一金，这些能保证我的生活质量。我还有一间正在还贷款的房子，每次想到它，我就感到踏实。我在美国出差十九天了，美国的食物不好吃，全是快餐。我中午吃的蛋黄酱炸鱼排，很明显，美国的警犬对此不感兴趣。"

"说出来，好过点了吧？"俊哲问我。

"谈不上好过，也谈不上难过。"我握住了俊哲的手。是的，还有半个小时，我就会彻底地失去他。我握住他的手，只是想让这个晚上，和这之前、这之后的任何一晚都有所区别。一头粉色的熊猫，对，粉色熊猫，也许我在之后的几十年里，再也不会听到这个词组，但它会一直陪伴着我。在活着的某个瞬间，我会突然想起它，然后称赞这个词组组合得多么美妙。粉色和熊猫，只有聪明的人，才能对此有所意会。

我看着俊哲的侧脸，窗外有点滴的霓虹，还有银色的月光，它们交织着，洒在俊哲的脸上。我想起了很多事，很多不重要却记得十分深刻的事。比如童年时我见过的一只鸟,它的眼睛很漂亮。对,我就记得它的眼神,它看着我,我看着它。考试得了一百分,被喜欢的男孩告白,拿到第一笔工资,这些事我都记不太清楚了,但那只鸟还在,它在注视着我。

女士们,先生们……广播再次响起。我知道,分别的时刻到了。

从飞机上下来,我还和俊哲一起走了好长一段路。我们的行李在八号口,他站着,我也站着。在飞机上,我们有那么多话要说,到了地面,我们却只是并肩站着。过不了多久,我会回到我的家中,他也会去他将要去的地方。这就是最奇妙的地方,你见到了一个人,同行了一段路,然后各自继续各自的人生。

传送带缓慢地运行着。俊哲的行李箱是咖啡色的,不,他并不叫俊哲。但是,对我来说,他是俊哲。而对广大的人群来说,他是谁呢?我按捺着自己,我不想问出那句话——你是那只拔掉自己羽毛,摘掉自己喉咙的火烈鸟吗?在我看来,他是的。我突然又想到,来美国调研茶叶生意,是个看似可笑又不失远见的主意。

"俊哲,你真的见过粉色熊猫吗?"

俊哲没回答我，他走了两步，从传输带上拿下了那个咖啡色的行李箱。

"重不重，要我帮你吗？"我喊着。

"你的行李在那里。"俊哲指着右边。

我没有挪动一步，我就站在俊哲身边，等待传送带缓慢地转过来。

我怕转个身，俊哲就会不见了。

"你箱子里装的是什么呢？"我问出了我见到他时第一个想问的问题。

"我们总是把事情想得太复杂了。"俊哲说。

后来，我们还是分别了，我不知道他去了哪里，我也永远无法知道他的行李箱里装的是什么，但和所有聪明人一样，我相信那个箱子里是很重要的东西。世界上的每个人都有，只是形状不同。